靈琴殺手

黃易

經典・玄幻系列⑮

www.cosmosbooks.com.hk

書　　名　靈琴殺手
作　　者　黃　易
責任編輯　陳幹持
美術設計　郭志民
出　　版　天地圖書有限公司
香港黃竹坑道46號
新興工業大廈11樓（總寫字樓）
電話：2528 3671　傳真：2865 2609
香港灣仔莊士敦道30號地庫／1樓（門市部）
電話：2865 0708　傳真：2861 1541
印　　刷　亨泰印刷有限公司
柴灣利眾街德景工業大廈10字樓
電話：2896 3687　傳真：2558 1902
發　　行　香港聯合書刊物流有限公司
香港新界大埔汀麗路36號中華商務印刷大廈3字樓
電話：2150 2100　傳真：2407 3062
出版日期　2020年5月／初版

「黃易出版社有限公司」授權出版

ISBN：978-988-8548-71-2

目錄

第一章

暗殺行動

那是一座三層高的古老平房，在這大城市的邊緣區域裏，顯得與四周的現代樓房有點格格不入。但我已沒有別的選擇了，因為它向街的大窗剛可監視着冒險者俱樂部的正門。

我今次來是要殺一個人。

一個名列國際十大通緝犯的恐怖分子和毒梟。

我為追蹤他已跑了十九個國家，耗費了我四個月的寶貴時光，也花了委託我這項任務的人龐大的金錢，我的收費是以「分鐘」去計算的。

負責帶我看屋的屈臣太太嘮嘮嚇嚇地道：「連傢俬租金是四百英鎊一星期，兩個月按金，一個月上期，水電費自付。先生！你真的要租嗎？」

這時我們剛來到三樓。屋中的巨型沙發，深棕色嵌花的大櫃，強烈地營造出深沉暮氣的氣氛，使人心裏感到很不舒服，但環境對我來說並不會形成任何影響。

我不答反問道：「那道樓梯通往甚麼地方？」

屈臣太太道：「噢！那是積傑爵士儲物的閣樓，門是鎖着的。爵士吩咐誰也不能進去，事實上裏面也沒有甚麼東西，除了一個棄置了的大琴外。」

我淡淡道：「爵士現在到了甚麼地方，這所古老房子為何不拆了來重建？」

屈臣太太道：「爵士是懷舊的人，要他拆這房子不如要了他的命，若非他怕附近的不良青年強行入佔這所房子，他亦不肯將它租出去呢。他現在去了非洲，三年多沒回來了。」

原來如此，我趕快付了按金和一個月的租金，將這寂寞多言的老太打發走了。

天色逐漸黑沉下來。

我來到向街的窗前，拉開了窗簾布，向對街望下去。

冒險者俱樂部的大招牌亮了起來，不時見到豪華房車駛進去，隱沒在高牆之後，三十萬英鎊的入會費，使她成為了富商巨賈的專利品。

我從袋裏取出一張照片，是個西裝筆挺的男子，年紀在三十五、六間，模樣粗獷裏帶着三分俊偉，有股說不出的魅力。

這就是我今次要找的目標，「屠夫」納帝。據聞他除好殺外，也是個好色的人。

他原本並不是這模樣的，但今天高明的改形手術，已可使人變成任何樣子。

屠夫納帝還有兩名得力手下，夏羅和沙根，兩人都是一等一的好手。故此以我豐富的殺人經驗，仍要非常小心，況且納帝是國際間一些惡勢力包庇的人，一個不好，我可能還要丟了性命。

我停止了窺視，取出大皮箱，拿出衣物，揭開暗格，裏面便是我的生財工具，式樣繁多的各種槍械配件。外行人很難了解我們花在槍械上的時間，槍械保養和槍械五花八門的性能同樣是深奧的學問。

每發射一顆子彈，都會對槍造成某一程度的傷害，撞針會損耗，槍管內俗稱「來福線」的彈道紋會磨蝕，使子彈不能再以螺旋形的原有性能推進，減去了殺傷和刺破力，甚至連槍的駁口也會因震動而損壞。一個像我這樣的第一流殺手，首要之務就是使武器時常保持在最優越的狀態。

我小心翼翼地將槍枝嵌配成我理想中的組合，又揀選了尖銳的德國製的鋼彈頭，儘管納帝是隻穿上了避彈衣的犀牛，也難逃命喪當場的厄運。

我在窗旁架起了雙筒闊角望遠鏡，耐心地觀察着進出冒險者俱樂部的車輛，和其中的人。

九時三十分，一輛銀灰色平治駛至，全身制服的司機後是一對盛裝的男女。

通過望遠鏡，我剛好捕捉到那女子美麗的側影。

我對美女是無動於衷的，這並非說我是個不正常的男人，而是在一個任務完成前，殺手是不動絲毫感情的，因為那會形成致命的弱點。

只有在幹掉目標後，才會鬆弛下來，找個別人想不到的地方，盡情享受人生。

上次我到大溪地去，先不說我是個很好看的壯健男子，只是我袋裏掏不盡的鈔票，已足使美女群擁而至，投懷送抱。但當任務一降到肩上，我便慣性地將她們全部拋棄，任她們如何心碎苦求，也不能稍微影響到我的決定。

駛進俱樂部裏的車中美女，無可否認是迷人的女子。

短髮明眸高鼻，淡淡的化妝裏透出一股迫人的清麗，非常有時代感。只可惜她坐的是冒險者俱樂部大老闆尊尼約曼的座駕，看來她是情婦一類的身份。

冒險者俱樂部最吸引會員的地方，正是能提供世界各地一流的美女，這或者也是納帝到來的其中一個原因。

尊尼約曼表面上是個大商家，骨子裏卻是個軍火走私商，而且是最大的一個。「屠夫」納帝今次是應他之邀到來作客，至於是否有甚麼交易，那便不得而知了。

我離開古老大屋，走出花園，穿過大閘，往這位於郊區的鎮中心走去。

當我踏上街上時，靈敏的殺手神經告訴我有人在冒險者俱樂部的五層主樓裏向我窺視。但我裝作若無其事地緩步而行。

他們將會派人來調查我，但只能發現我是想找個地方寫本作品的流行愛情小説家，甚至可以找到我放在枱上未完成的書稿。他們可在市面上買到我的書，當向出版社查詢時，聯絡地址正是這所房子。而這只是我十多個身份裏其中的一個。

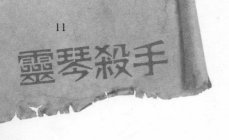

走了三十多分鐘，來到了店鋪林立的熱鬧點。

這是晚飯後休息的時刻，街上靜悄悄地，只有幾個匆匆忙忙的行人，都是趕着回家的樣子，大部份商店都關上了門，只有一家印尼人開的快餐店，和一間以售賣各式雪糕作招徠的小型超級市場仍在營業中。

我大步往超級市場走去，由於監視對街的工作將會長時間地使我留在古老大屋裏，飲食品必須充足齊備，這也是我選擇以作家為身份的原因，也只有這樣才使人信服為何我會長期間留在屋裏，因為只有在屋內才能工作。

昏暗的街燈下，超級市場外泊了一輛黑色的旅行車，車身沾滿泥濘，顯然經歷了一段遙遠的路途。車內坐了一個黑人，樣貌兇悍，灼灼雙目肆無忌憚地打量着我。

我當然不會把這種人放在眼裏，雖然我身上並沒有攜帶槍械，但以我的搏擊技巧，等閒七、八個壯漢也休想動我分毫。

我來到超市敞開的玻璃門外。

裏面的情形有點反常。

收銀處人影全無，收銀機卻拉了開來。

13

高接天花的盛物架後卻傳來男人的獰笑聲和女子的哭喊聲。

這是姦劫？

背後傳來輕微的腳步聲。

一個念頭閃過我的腦際，車內那黑人是負責把風的匪徒。

我從容地動也不動。

「賤種！不要動，將手放在頭上。」

一枝硬綳綳的東西重重撞在我腰背處。

我心中冷笑一聲，身軀一扭，槍管已從我背後滑向身側，同一時間手肘重擊在那黑人的胸前要害，接着轉身提膝，剛好頂在對方下陰處。

那六呎多高的黑人痛得跪倒下來。

我的鐵拳轟正他的鼻樑，黑人鮮血飛濺暈倒過去。

我的原則是除非不出手，否則必不留餘地，務要對方一敗塗地，全無反擊之力。所以我攻擊的部位全是對方的要害。

對敵人仁慈，就是對自己殘忍。

接着我將會靜悄悄地退出去，溜回古老大屋裏，甚麼姦劫也與我沒有絲毫關係；這等事每天也在發生着，多一宗少一宗又有甚麼問題？何況我不能暴露我的身份，若惹上警察那就更非本人意願。

我開始往外退走。

超級市場內的哭叫掙扎忽地停了下來。

我的經驗何等豐富，立知不妙，我連轉頭的時間也不肯浪費，手一伸，剛好抓着那往後仰倒的黑人前胸，一抽一移，二百多磅的身體，玩具般來到我身前，接着我一個轉身，剛好躲在他身後。

超級市場內另兩名持槍的黑人青年狂奔出來，手槍揚起，他們剛要發射，但卻給我手上的人質威脅得不敢妄動。

其中一名劫匪喝道：「豬玀！還不放人！」

我心中嘿嘿一笑，閃電衝前，同時全力一推，手中暈厥了的黑人像座山般向他們壓去。

一看這兩人持槍的姿勢，所用的武器，已知他們是業餘的初哥，對付他們是輕而易舉的事，難就難在我不能殺人，又不希望超市的人去報警。

那兩名青年黑人劫匪怒喝一聲，自然地伸手去接我擲去的同夥。

他們的手剛碰上同夥的身體，我已乘勢飆前，蹲身左右開弓，兩名兇徒捧着下陰，痛得彎下身去。

手槍掉在地上。

我撿起手槍，退了開去。

當那兩名痛得跪倒地上的黑人兇徒掙扎着抬起頭望向我時，槍柄已穩定地握在我手裏。

只要我願意，我可以選擇任何骨與骨間的空隙，將子彈送進他們身體內必然致命的部份。對人體的結構，我比外科醫生更內行，對我這常須要向人以酷刑逼取口供的人，不能掌握人體的弱點將是最大的遺憾。

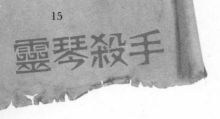

兩名黑人臉無人色，冷汗直冒。

我低喝道：「還不快滾！」

兩人如遭皇恩大赦，爬起來便要跑。

我冷笑道：「兩位義氣大哥，你忘記了你們的朋友了。」

兩人呆一呆後，攙扶起早先暈去的黑人，連滾帶跑，往外走去。

我以目光送着他們走進車內。從不讓危險隱在我背後看不見的地方，是本人的哲學和原則。

這也是我要離去的時候了。

汽車的引擎怒吼着。

背後傳來微響。

我將槍收進外套裏，往外走去。

「先生！」

那是年輕女子嬌柔的呼喚，聽她音質嘹亮，顯是雖受驚嚇，但卻沒有受到真正的傷害。

剛才無意和無奈間，我這冷血殺手竟做了一宗好事。坦白說，那絕不是我的原意。

我不想讓她看到我的臉，更不願上警局被錄取口供，何況我還要趕快找個地方，拭掉槍上的指模，然後丟棄。

我頭也不回地大步往門外走。

腳步聲直追至門外，才停了下來。

我沒有絲毫回頭看望的衝動。絕對地控制人類的情緒，是一個殺手首要學習的東西，否則只是恐懼一項，已令人難以安寢了。

我餓着肚皮，回到古老大屋。入屋前，在街角彎處打了個電話。

我是不會用固定的電話和客户通訊的，那是供人竊聽的愚蠢行為；也不會用無線電話和人說任何重要的話，因為要截聽無線電話，在警方和有能力的團體都是易如反掌的事。

電話鈴響。

對方拿起電話，卻沒有作聲。

我蓄意壓低聲音，以帶着愛爾蘭語音的英語道：「侯爵夫人。」

一把低沉的女音道：「是你！隱身人。」

隱身人是我的代號，沒有人知道我的真面目，這是我名震國際、行事從不失手的主要原因。連負責和我接洽生意的幾名聯絡人，也弄不清楚我是高是瘦、是矮是肥？甚至連說話的聲線和語音也是偽裝的。

我淡淡道：「十日內幹掉納帝，價錢卻要增加一倍。」

侯爵夫人冷笑道：「不是說笑吧，隱身人一向信譽昭著，如何會坐地起價？」

我亦冷笑道：「因為你們最初提供給我有關納帝的行蹤資料，全部是虛假的廢料，而且還有最重要的一點，納帝原來是世界五大毒梟之首，横渡連耶的金牌打手，價錢不吸引一點，誰肯公然剃横渡連耶的眼眉。」

侯爵夫人窒了一窒，使我知道她是蓄意瞞起這一環節，她半晌才道：「我只是聯絡人，要和真正付錢的人商量後才可答覆你。」

我冷冷道：「不用了，只要我明天發覺户口裏應增加的數字還少欠一個子兒，這件事便拉倒。」

「叮」一聲掛斷了電話。

我悠然自得地走回屋裏。

屋內似乎一切依舊，但我知道已曾給高手無微不至地徹底搜查過，當然找不到我的望遠鏡和武器箱，那已給我放在屋後園裏一個隱蔽而安全的地方。

大半天沒吃過東西，肚子不爭氣地叫了兩響，明天不得不再往鎮上走一趟了。

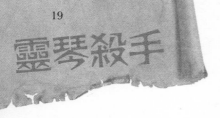

第二章 古琴顯靈

我溜目四顧，最後眼光停留在通往屋頂閣樓，那道封了塵的木門上，門上原封不動的塵積，顯示搜屋者並沒有上去，這也表明了對方的戒心不大，我也找不到竊聽器一類的東西。

取出開鎖的工具，打開了木門，一道黑沉沉的樓梯，往上作六十度角伸延，陡斜異常。

在門後找到了電燈的開關，但電燈卻是壞了。

我亮着了電筒，走上樓梯。

腳下「嘎嘎」作響，我以手撥開封路的蛛網，屏着呼吸，忍受着身體移動惹起的飛揚塵屑。

終於跨過最後一級，一個四百多呎的空間呈現眼前。

沒有任何傢俬雜物，只有一個巨型的三角鋼琴，一張長方形的琴櫈，和一個被木板封了的窗。

奇怪的念頭在我心中升起，樓梯這麼窄小，爵士如何將這琴運上來？

唯一的方法或者是從大窗處吊上來，那還必須拆了部份牆壁，誰會做此蠢事，為何不乾脆將它放在樓下的大廳裏。

我走到琴旁，用電筒仔細地照射。

巨型琴渾體呈深紅色，其間透着點點奇異的金光，就像給灑上了金粉，我從未見過如此奇怪的木質。

更奇怪的是這琴並沒有被任何東西包起或掩蓋，但琴身卻不見一點塵屑。

心中一動，環目四顧，這裏和蛛網封路的樓梯完全是截然不同的兩回事，竟然見不到一個蛛網、一點塵屑，也沒有任何蟑螂、老鼠一類在這環境裏的必有產品。

我伸手在琴身觸摸。

一種奇怪的感覺在心中泛起。

心中暖洋洋的。

一股熱流從琴身流注進我體裏，又從我體裏倒流回去，好像有點東西送到了我那裏，也帶走了一點東西。

我大駭縮手，在我的殺人生涯裏，從未試過似此刻般地失去冷靜。

閣樓一片寂靜。

奇怪在這密封的空間並沒有腐敗空氣的味道，也沒有氣悶的感覺，可是我並沒有發現此一目了然的地方有任何通氣的設備。

一切是如此平和寧靜。

卻又是如斯怪異詭奇。

我不甘心地再碰觸琴身。

這次奇怪的暖流沒有了，難道剛才只是幻覺。

琴身出奇地冰涼，木質柔軟溫潤，照理這是並不適合作琴身的材料；我對木材並不在行，不知這是甚麼木料？

我走到用木板封閉了的窗前，關掉了電筒，一束柔和的暗弱光線，從封窗的其中一塊缺了邊角的木板透射入來，破洞剛好看到俱樂部的正門，角度比樓下更理想，我計算子彈射出的位置，穿進目標的身體部份。

「叮！」

我整個人嚇得跳了起來。

琴竟自動響起來。

鬼？

不！絕不會是鬼魂，我是個無鬼論者。

我頭皮發麻地看着像怪物般立在房中間的三角琴。

我雖殺人無數，但被殺者都是匪徒、毒梟、恐怖分子等該殺的人，這是隱身人的原則，這些兇徒輕鬆地在法網外逍遙自在，正需要有我這類不受約束的執法者給以處決。

但在我眼前的卻又是活生生難以解釋的現實。

我深吸一口氣，往鋼琴走去。

真怕它忽地又響奏起來，那時我應怎麼辦？

沒有任何事發生，我小心地掀起覆着琴鍵的蓋子，一長列雪白的琴鍵現在眼前。

我伸手下去，手指輕動，叩了幾個清音，只覺得琴音像響起自遙不可觸的遠處，心中興起了一種平和寧靜的感覺。

我多少年沒有聽人彈琴了？

這些年來，為了使自己變得更冷血無情，舉凡和情緒有關的東西，我都避而不碰，音樂是其中之一。

每次殺人後，我都找個地方花天酒地，狂玩女人，然後棄之如敝屣，只有那樣才可使我鬆弛下來。

猶記得母親最喜彈琴，她常彈奏的那小調已久被遺忘，忽然間又清晰地在我的腦海裏活躍起來。我像是看到永不剪髮的母親，垂着烏黑的長髮，陽光從她身側的大窗透進來，將她側臉變成線條分明，但細節模糊的輪廓。

但母親已死了。

在一次銀行的械劫案中，成為了被犧牲的人質，匪徒槍殺她時，我離她只有呎半，她的手還拉着我。

她整個頭爆裂開來。

我連叫喊的力氣也沒有。

我憎恨父親，自我五歲他拋棄我們母子時，我便用盡所有力氣去恨他。

可是十二歲那年連母親也被迫離開了我！那顆可恨的子彈使我變成一無所有。

所有這些久被埋葬的思憶泉湧而出，一股無可抗拒的悲哀攫抓着我的心靈，我很想哭上一大場，在我以為自己已喪失了哭泣的能力之後。

驀地我發覺自己挨着琴身坐在地上，淚水淌了一臉。

閣樓出奇地寧靜，我似乎聽到一些奇怪的聲音。

那是風聲。

是柔風拂過茂密的森林和廣闊原野的聲音，但一剎那後我雙耳又貫滿了大自然裏的各種響聲，河水奔流，萬鳥離林。

不知怎的我竟沉沉睡去。

發了一個奇怪的夢。

夢中我在森林裏奔馳，在那人跡不到的叢林中，忽地現出了一大片空地，空地裏有株粗至數人才可合抱的巨樹撐天而立，土人拿着火把，圍着巨樹在舞祭。

醒來時已是上午十時多。

我嚇了一跳，多年來我從未試過如此地熟睡，通常一晚裏我最少醒來三至四次，只要一點異響，便能立即驚醒。

琴蓋依然打了開來。

我將琴蓋闔上，暗笑自己昨晚不知為何大動情懷，難道只為了這琴？

半小時後我到了鎮內，首先打了個電話，買家果然將酬金滙進了我在瑞士銀行的户口內，使我安心地全力進行暗殺納帝的行動。

坦白說，要殺一個人易如反掌，只要你能掌握他行蹤的情報，這方面我是高手中的高手，但當然這亦耗費了我一半以上的酬金。

反而事後如何躲避對方盛怒下的追殺才是一門深奧的學問，尤其納帝既有政治背景，又有毒梟作後盾，否則美國的中央情報局早送了他進煤氣室了。

我在一間意大利人開的快餐店內，叫了一客意大利薄餅，醫治餓透了的飢腸。

「先生！」

微弱的女聲在我身後響起。

我愕然回頭，入目是位清秀可人的少女，穿着很樸素，但身材勻稱，有種健康動人的青春美態。

她怯怯地，畏縮地道：「我可以坐下嗎？」

我心中竟然感到一陣興奮，流過一道難以形容的快感。

這是前所未有的感覺。

自母親死後，那脾氣暴躁，酗酒後便對我拳腳交加的舅父，令我養成了冷漠而不易動情的性格。

可是這一刻，我竟很想她坐下來，是甚麼令我改變了？

是否因為快餐店裏浪漫的琴聲？我從未聽過這麼令人愉悅的調子。

強迫自己掛上冷淡的面容，我硬繃繃地道：「你有權坐任何地方。」

事實上這裏並不太擠，十多張枱只坐了七、八個人，還有幾張是空的。

快餐店外乾淨的街道，只有疏落的行人。我感到從未曾有的鬆弛，是否因為昨夜的熟睡？還是那奇妙的夢？我似乎多了點東西，卻又總說不出來。

少女猶豫片晌，進退維谷，最後提起勇氣，在我對面坐下。但俏臉低垂，避開了我的眼光。

她究竟想從我身上得到甚麼？我知道自己是個有魅力的男人，強壯而英俊；我曾看很多很多的書，但目的只不過是充實自己，使能更成功地扮演多種有利掩飾隱身人身份的角色。我甚至曾以偽證書當上了一個醫院的醫生，在毒殺了對象後六個月才安然辭職。

那就是大毒梟橫渡連耶的獨生子。想不到今次為殺納帝，又再次惹上了他，我不能有一點兒出錯。

少女在我迫人的銳目下坐立不安。

快餐店的老闆娘解救了她，隔遠叫道：「那位小姐要點甚麼？」

少女全身一震，像從夢中掙扎醒來，應道：「給我一瓶鮮奶？」

然後她抬起秀色可餐的俏臉，迎着我的目光，輕輕道：「謝謝你！」

我錯愕下望向她，為何謝我？

她不待我反應，續道：「昨晚若不是你，我的遭遇便不可想像了，幸好你及時趕走了那些兇徒。」

原來是我昨晚無意下救的那個女子，我已蓄意不讓她看清楚我的模樣，可是仍給她認出來了。換了往日的作風，我會冷冷地道：「對不起，小姐，你認錯人了。」然後不顧而去。

別人的痛苦與我何關？

自母親死後，誰曾關心過我的痛苦，學校裏的老師都責難我孤獨自負，沒有愛心。但誰真的會有愛心？

快餐店的琴音一轉，奏着另一隻調子，慷慨激昂，就若狂風捲過寬廣無邊的荒原，又像屍橫遍野後的戰場。

她奇怪地望着我。

我的心忽地轉到兒時舊事，那時我唸中學，班上有位被譽為全校最美的妞兒，被男孩們奉承討好弄得驕傲非常，眼尾也不望我一眼。終於我向她展開追求，只兩個星期，她堅硬的外殼給我的手段和熱情敲碎了，我獲得她的初夜，那晚我告訴她，我並不愛她，看着她哭着狂奔離去，我感到無限的快感，誰叫她看不起我。

像其他人一樣，她知否我吃不飽穿不暖，回家還要被舅父毒打？

第二天她並沒有回校上課，以後我也沒見着她。

這件事早已沒有在我的腦海裏出現，不知怎的，這刻竟想起這件事來，心中蕩漾着令人心碎的歉疚，那是從來沒有過的情緒。

她看着我道：「噢！你的眼神很憂鬱和悲傷，你一定有很多心事。」

我強制着自己的感情，劣拙地道：「那晚……那晚他們有沒有……」

她粉臉一紅，垂頭道：「你來得正及時，他們正準備撕掉我的衣服，幸好……幸好……我不準備做那份夜更收銀員的工作了，我已賺夠了下學年的生活費。」

一個奇怪的念頭從我心中興起，使我衝口問道：「你會彈琴嗎？」

少女眼中射出驚異的神色，幾乎叫起來道：「你怎會知道？自小到大，我最喜歡的就是彈鋼琴，所以不顧父母反對，進入了附近的音樂學院唸音樂……我……我叫莎若雅。」她再次垂下了頭。

她的輪廓分明，可能帶點希臘人的血統。

我壓下邀請她回去彈奏那奇異的琴的慾望，但卻壓不下另一個慾望，問道：「現在揚聲器奏着的琴音是誰的作品？」

這時琴音又變，輕柔處若現若隱，頓挫間在引發的微妙聲韻更令我這一向似對音樂沒有感覺的人也禁不住心神皆醉。

莎若雅抬起頭來，茫然道：「甚麼琴音？」

她幼滑的粉臉閃爍着晨早太陽的清光，一片陽光從對街的落地茶色玻璃窗反射過來，恰好落在她的身上，使她變成了超塵出世的美女化身，我似乎在不斷地發掘她的美麗的一面，不過她的確是動人之極的美女，愈看愈覺她美麗，難怪昨晚那些兇徒見色起心。

她詢問的眼光等待着我的回應。

我不禁大感奇怪地道：「難道你聽不到嗎？」

琴音忽地大增，由微不可聞的輕觸，化成叮叮咚咚的清響，一時間充盈在整個空間裏，就像千百條小溪的流水聲突然間加到一起，我感到前所未有的歡悅。

我望向她，心想除非是聾子，否則怎會聽不到？

她眼中茫然的神色更甚，吶吶地道：「我甚麼也聽不到。」

我呆了一呆，接着手足冰冷起來。

剛好快餐店的老闆娘經過枱邊，我一把抓着她的手臂，問道：「你播的是甚麼音樂？」

老闆娘愕然抬頭，望向裝在屋頂其中兩角的揚聲器，悻然道：「播甚麼音樂？那對揚聲器壞了足有十天，保養的混蛋還沒派人來修理呢。」

我駭然鬆手。

快餐店忽地陷入一片死寂裏，甚麼聲音也沒有，琴音頓止下來。

莎若雅的呼喚聲像在九天之外的遠處傳來道：「喂！喂！你怎麼了？」

我望向她。

她臉上露出強烈的焦慮，對我這個陌生人毫無保留地獻出她的關心。

我腦海裏一片空白。

難道我因殺人過多，陷入神經分裂的邊緣，產生了聽覺的幻象，聽到別人聽不到的聲音？

還是因為那古老大屋閣樓的三角琴？

它優美的造型，奇異的木質，驀地填滿我的神經，揮之不去。

一對纖弱的手緊握我雙臂。

這才發覺莎若雅已站起身來，來到我背後，抓着我雙臂，紅唇湊到我耳邊關切地道：「你怎樣了！要不要我喚醫生？」

我的臉色定是非常難看。

強提精神，霍然立起，近乎粗暴地從她的懷裏掙扎起來。快餐店內所有人的眼光都集中在我身上，但卻沒有人作聲，我高大健碩的體格使他們均怕惹禍上身。

莎若雅像受驚的小鳥退到一旁。

我毫不憐惜地冷冷望向她，從袋裏抽出兩張鈔票，擲在枱上，大步往店外走去。

莎若雅從背後追上來道：「我還未知道你叫甚麼名字？」

我回頭毫無表情地道：「你我只不過是毫不相干的兩個人，明白嗎？小姐？」

她臉色轉白，無力地向後退了兩步，令我想起父親離開母親後，她連續數天呆坐窗前的模樣。

我的心抽搐了一下。

淚水從她眼眶湧出來，在流下她雪白幼嫩的臉頰前，她已轉身急奔，直至她的身形消失在街的轉角處，我才記起怎可以為這少女浪費精神時間，忙邁向歸程。

我本來需要和我其中一個聯絡人兼線眼通一個電話，到超級市場買齊足夠的用品食糧，但現在我已失去那份心情。

第三章
巧遇青思

沒有事比對付那可惡的琴更重要。

我記起屋外花園裏的雜物屋有柄大斧頭，看它怎樣應付被斧頭劈成碎片的命運，我不信那是它奏一曲甚麼蕭邦月光曲便可以化解的事。

我不怕任何神鬼精靈，本人一生便是在神鬼獰視和詛咒下長大的，若非我遇到除母親外最尊敬的洛馬叔叔，我只是個流落街頭的乞丐。

十五歲那年，洛馬叔叔搬到隔鄰精緻的平房裏，他每次見到我時，總深深地望着我，使我很不自然，從未見過有人的眼神像他的那樣有穿透性，便若愛克斯光般令你無所遁形。

在他被殺前的一年，他向我剖白說：第一眼看到我時，便給我頑強不屈的眼睛吸引，使他立心要將我培養做他的繼承人，成為第二代隱身人，一個專為付得起錢而殺人的殺手。

隱身人只有一個原則，就是只殺該殺的人，專殺逍遙於法網之外的兇徒，就像那殺死我母親的兇手。

我第一次踏進洛馬叔叔的屋內時，最令我感動的是他放了上千枝槍械的槍房和堆滿了十多個書架書籍雜誌的書房。

他向我道：「孩子，知識和武器是這弱肉強食的世界裏主持公道無可替代的兩件法寶，你不能有片刻忘記。」

我記得當時天真地問他道：「兇徒是該殺的，但為何要別人付得起錢才殺人。」

洛馬叔叔仰望窗外狂風雨打下的樹木，眼中射出前所未有的憂傷神色，直到今天我還不知道他為何有那種神情，只怕是他遭遇的悽慘，一點不下於我。

他看着我的眼睛道：「孩子！這是個物物交換的社會，我們出賣殺人技能，別人亦必須有金錢的回報；而我們只取所需，其他的便捐給慈善組織，這不是很好嗎？」

古老大屋已然在望。

我不明白這幾天為何總回憶起那些陳年舊事，難道我冷硬的心已軟化下來，我記起了昨晚曾流過淚。

我走進花園裏，拿起了斧頭，筆直往閣樓走上去。

怒火在我心中燃燒着。

管你是甚麼怪物，但我定不會將你放過。

洛馬叔叔第一次教我開槍時，曾這樣說：「當你扳掣前，你的心必須靜若止水，一點波動也沒有，你就像一塊冰冷的石，不能容許有絲毫恐懼、憐惜，當子彈穿過對方身體時，你要仔細察看造成的傷害，是否應多補一槍，這是一個偉大殺手必具的條件。」

可惜在對付這似乎是一件死物的古老大琴時，我卻無法遵循他的訓誨，儘管在真正殺人時，我和他同樣地狠、準、快、冷。

我用腳踢開仍是虛掩的閣樓門，踏上斜往上伸的樓梯。

腳下發出「嘎嘎」響叫。

我無由地緊張起來，握着斧柄的手雖不至於顫抖，卻在滲汗，這是我從來未有過的情況。

三角琴平靜地像人般立在閣樓的正中，陽光從封窗的板隙和破洞處透進來，在閣樓裏形成美麗的光影圖案，琴身在陽光下金光閃爍，充盈着生命的感覺。

我是不會被嚇倒的，就像我要殺一個人，連上帝也不可以阻止那必然的發生。

可是這表面看去絲毫不懂反抗的琴，本身卻像具有一種令我不敢冒犯的奇異力量。

我強迫自己一步一步地向它接近。

它在陽光下看來比任何一刻更莊嚴和有自尊。

渾體的金點在琴身浮動閃爍。

我用盡方法也不能克服認為它是有意志的生命那可笑的想法。

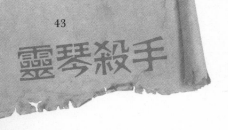

斧頭逐漸提起。

四呎。

它就在四呎之外。

我狂吼一聲，舉至高處的重斧猛劈而下，身子同時俯前，用盡了全身的力量。

不是它便是我，再不能忍受它對我玩弄的把戲。

這樣下去我只會變成個軟心腸的呆子，只懂回憶和哭泣，只懂緬懷已成往昔的苦難。

洛馬叔叔曾語重心長地道：「作為殺手來說，只有現在這一刻才是真實的，過去和將來都只是一種必須拋棄的負擔。」

斧鋒閃電般往琴身劈去。

「叮叮咚咚！」

琴音驀起，刺進耳裏。

我全身一震，一扭腰，已沒有回勢的手一抽一移，斧鋒在琴身上掠過，移離琴身後，「呼」一聲脫手飛出。

「轟！」

整面牆壁晃動起來，塵屑沙石飛揚，斧頭深嵌牆裏。

掩蓋着的琴悠然自得地彈奏着，驕傲而自負，又是那樣地溫柔。

我急促地喘着氣，駭然看着它。

我本已預算它會奏出琴音，也決定無論它彈甚麼，也絕不放過它，但想不到它彈的正是母親最愛彈的那首蕭邦的小調，輕重緩急的神韻一如發自我至愛的可憐母親。

琴音是如許地溫柔。

母親彈琴時，我總是躺在她身後的沙發，將臉埋在軟枕上，融渾在像月色般跳動的琴音裏。

母親對音樂有着宗教般的虔誠。

音樂對我來説卻是愛的觸摸，由母親深心處流出來的愛撫。

我無力地坐在琴櫈上。

我不敢打開琴蓋，因為我不知自己能否忍受看到琴鍵自動彈奏的可怕情形。

母親！是否你回來了，探望你孤獨的兒子？

我忘記了一切，忘記了自己是名震國際的殺手「隱身人」，忘記了今次到這裏來是要暗殺惡名昭著的納帝。

只有琴音。

不知多久後，琴音停了下來。

我還是那樣地呆坐着，心中充滿感懷。

傍晚時，我又往鎮上跑，這次我買齊了生活的必需品，同時打了個電話。

電話是給我的線眼兼聯絡人「老積克」，一個狡猾但非常有辦法的黑道老手，他是洛馬叔叔認為可以信賴的五個人之一。

老積克一聽到我的聲音便緊張地叫起來道：「噢！你在哪裏？」

我沉聲道：「你知我是不會說的。」隱身人的習慣是從不透露自己的行蹤，也不透露殺人的方式、時間、地點。

老積克道：「付錢的客很不滿納帝仍然活着，我提供他的行蹤路線證實全部準確，為何你還不下手？」

我淡淡道：「何時下手是由我決定，而不是由你，明白嗎？老積克。」

老積克囁嚅道：「當然！當然！」

我道：「納帝和橫渡連耶的關係你為何不告訴我。」

老積克呆了一呆，叫道：「甚麼？」

我冷冷道：「不要告訴我，以消息靈通見稱的老積克，竟然會不知道此事？」

那邊一陣沉默，接着是老積克凝重的聲音道：「少爺！恐怕老積克為你服務的時間已到了終結。」

我心裏一軟。

洛馬叔叔死後，我第一次以隱身人的繼承者身份和老積克接觸時，他曾稱我為「少爺」，以後便再沒有用這稱謂，只以各式各樣的暗語作招呼。這時他再尊稱我為「少爺」，勾起了我一連串的回憶。老積克就像一個忠誠的老僕，鞠躬盡瘁地為兩代隱身人服務，我又何忍深責，甚至再追問下去也似是大大的不敬。

但洛馬叔叔曾三番四次地說：「不要相信任何人，無論那人看來如何忠誠，人類天生出來便是自私的。在極端的手段下，我可令任何人出賣他的父母。」

但我的心確是軟了，是否那古怪的琴在作祟。

我沉吟片晌道：「剛才的話便當我沒有說，你告訴客戶十天之內必有結果。」

老積克道：「多謝你！」

他多謝我是有理由的，成為隱身人的聯絡人便等如簽了張無形的合約，是不能反悔的終身合約，只有死亡才能終結。

當然聯絡人可享有用之不盡的報酬，但卻不能在任何情形下退出。

假設老積克不為我服務，他便要用盡一切方法躲避我的追殺，那是沒有可能的事，因為隱身人是世界上最偉大的殺手，掌握着比任何情報局更精密的情報網。

我將電話掛斷。

納帝將於三天內到達此地，那也是他畢命的時候，但我卻告訴老積克是十天之內。

不讓人知道行事日期，是隱身人的慣例。

今次的客户詳細提供了納帝幾個可能出現的地點，但我一個也沒有用，隱身人只會用自己得回來的情報，何況那些情報都有問題。

洛馬叔叔常說：所有窮兇極惡之徒，都怕別人的報復。所以千方百計隱蔽行藏，包括發放假消息、裝陷阱。但在一些微不足道的瑣事上，卻往往露出狐狸尾巴。

像今次那樣，我只憑納帝和尊尼約曼的緊密關係，不查納帝，反而無孔不入地調查尊尼約曼近期的行藏，發覺他將連續兩天在俱樂部內宴請客人。

而最奇妙的是菜單都是大同小異，裏面都有納帝最喜愛的三種菜式——法國蝸牛和從澳洲運來的龍蝦和生蠔。

沒有人會喜歡連續兩天每餐都吃同樣東西。

除了納帝。

這是他的飲食習慣，我費了五十萬美元收買曾為納帝起居工作的女僕，連他內衣褲的號碼和顏色也知道。

他又怎能飛越我的指掌。

所以明天納帝來的機會相當高。

他到來的一天，便是他畢命的那天。

今晚我將會非常忙碌。安排逃走的方式、路線和殺人同樣重要。

我捧着一大包日用品，漫步回去。

太陽西下，紅光萬道，遠近的平房都反映着夕陽的餘暉，有種哀艷淒涼的味道。

我並不是歡喜步行，而是我蓄意地不用車，使對方更不起懷疑之心。

沒有車一個人能逃到哪裏去？

況且我這「作家」為自己製造了反物質、反文明的形象，不用車亦非常合理。

洛馬叔叔常說：「不要放過任何細節，微不足道的一件事可能會救了你的命。」

轉過了街角，古老大屋在望，灰紅的屋頂，在花園的林木裏露出來，令我想起放琴的閣樓，心中流過一絲難以形容的感覺。

路上靜悄悄地，在俱樂部的對面，一個女郎攤開了繪畫架，正在畫布上塗抹，看上去有點眼熟。

那女郎使人印象深刻處是有一對很長的腿，雖然緊裹在有點發舊破爛的牛仔褲裏，仍使人清楚感到那優美的線條。不堪一握的纖腰使她的臀部出奇地豐隆高聳，秀髮短得像個男孩子，予人一種灑脫出塵的味道，尤其她是如此地具有藝術家的丰采。

只是她的背影已引起了我的遐思。

隱身人，你是否變了？往日你看女子只像看一隻狗一隻貓，冷淡無情地將她們分類作有危險還是沒有危險，是敵人還是無關重要的閒人。

我來到她的身後。

畫布裏是俱樂部正門的情景，筆觸色彩交錯下，已隱見輪廓。

女子頭也不回地專注在畫布內的天地裏。

但我已看到她側面美麗的線條，那比她的畫還吸引千倍萬倍。出自人手的作品又怎及得上大自然的妙筆？

這是第二次見到她。

第一次是當我監視俱樂部的正門時，看到她坐在俱樂部老闆尊尼約曼的座駕駛進裏面。

當時我估計她是尊尼約曼的情婦，雖然我不敢肯定是否猜錯了，但她更有可能是尊尼約曼請回來為俱樂部作畫的畫師。我深心中亦希望事實是如此，那才能不辜負她的氣質。

我剛要舉步經過她身旁，驀地全身一震，停了下來。

輕巧的琴聲在耳裏跳躍着。

今次我已有心理準備，儘管手足變得冰冷，但外表卻是若無其事。

她恰於這時別轉頭來，深藍的眼睛在我臉上掃了兩回，又轉頭回去，眼中隱含責備的神色，像是怪我騷擾使她忘情的工作。

我的心不由自主地隨着琴音到了很遠的地方。

我小時總喜歡到住處附近的一個山林去，那裏有道蜿蜒而流的小溪，水聲淙淙，是這世界上除母親的聲音外我覺得最動聽的聲音。

我再也聽不到琴音。

只有流水的清音，來自那已被埋藏在記憶深處的溪流。

清泉石上過。

我忘記了怪異的三角琴，忘記了自己是怎樣一個人物，來這裏是幹甚麼。

我的眼隨着她的畫筆在布上縱橫自如地揮動，看到的彷彿是那道被拋棄遺忘了的溪流。

天色逐漸暗黑。

畫筆揮抹得更快了，大片大片暗紅被塗在屬於天的地方。

她在與時間競爭，捕捉日落前的剎那。

我們兩人便是這樣一動一靜地站着。

夕陽落到不能見的地方，紅霞由灰暗的雲逐漸替代。

畫內的景象有種悽艷的美態。

不知何時琴音消去，但小溪流水的淙淙聲，依然纏繞不去。

心中一片祥和。

我似乎能透視畫像外的含意。

她停下了筆，轉頭向我望來。

清澈的眼神像晨曦裏的海水。

我淡淡道：「時間的流逝或者是人類最大的悲哀！」

她全身輕顫，責備的眼光被驚異替代。

我知道說中了她的心事。

她雖然作畫的對象是俱樂部，要表現的卻是對時間流逝的傷懷！

她待要答話，對街傳來急劇的腳步聲，兩名壯碩的大漢急步趕來。

我心中懍然一驚。

為何我的警覺性如許地低，直至兩人接近才發覺。

帶頭那個神情兇悍的大漢道：「青思小姐，這人是否在騷擾你？」

她悄目向我飄來。

我深望進她的眼裏。

就在目光交接的剎那。

我有若觸電地全身一震。

她也相應地一震，抹了薄薄淡紅唇膏的櫻唇張了開來，輕呼一聲。

一種奇異的感覺，漫延進我每一條神經去。

兩個陌路相逢，毫不相干的人，忽地連結在一起，那不是肉體的任何觸碰，而是心靈的連接。

這是從未有過的經驗。

我感到自己闖進她的天地裏，正如她也闖進我的天地內。

我消受着她豐富多姿的情緒；她的愁情哀思，繪畫所帶來的激情，也像千百道河溪，流進我心靈大海裏，那是自幼與我無緣的情緒。

驀地我明白了她為何選擇藝術來作為她的終生喜愛和職業。前所未有的圖像閃過心靈之眼。

「青思小姐，你怎麼了？」

大漢的聲音像刀鋒般切斷了我們的連繫。

我怵然一驚，手足冒出冷汗來。

隱身人是不可以動情感的，也不可以欣賞別人的情緒，尤其是以這種使人驚懼的方式，假如她發現了我的真正身份和目的，那我怎麼樣去應付？

在大漢再喝問前，我筆直經過她身旁，往古老大屋走去。

她驚異的眼光跟着我走，在我頭也不回的離開中，好一會我還聽到她驚魂未定下的嬌喘細細。

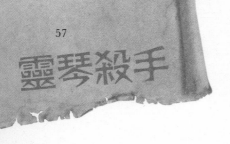

另一名大漢道：「這書獃子！」

這一句使我知道他們調查過我，不止是搜屋那麼簡單，為何他們的警覺性會如此地高？內裏可能大不簡單。

一是他們正有非常隱蔽的事在進行着；一是要殺納帝的風聲已漏了出去。

假設是後者的話，我便要加倍小心。

洛馬叔叔說過：「成功的殺手有六項條件，就是謹慎、快捷、決斷、準確、無情和運氣，最後一項也是最重要的。」

洛馬叔叔失手那次就是欠了運氣。

我負責駕船接他逃走，他來到船上時，臉上一點生人的血色也沒有，直到喘最後一口氣時，他告訴我自出生後，一直就是等待這一刻。

死亡究竟是完全的寂滅，還是另一個生命的開始？

一刻後他便可以體驗。

我並沒有為他的死亡而哭泣，早在母親死亡時，我已哭盡了所有眼淚。

我費了半年時間，尋找殺洛馬叔叔的人，以一顆鉛彈結束了那人的生命。

在我來說，這世界上只有兩類人——殺人的或是被殺的，再沒有第三種人。

我從不驚懼死亡。

生命只是一種負擔。

第四章

靈慾相通

回到古老大屋裏，我感到前所未有的疲倦，不由自主地又跑上閣樓去。

黑暗裏我坐在琴櫈上，將琴蓋翻了開來，手指在琴鍵上輕撫着。

是否你像橋樑般將我和那喚作青思的美麗女畫家的心靈連接起來？

靈琴默然不語。

我感到非常疲倦。

隱身人為的是甚麼？

我的銀行户口裏已有用之不盡的金錢，這八年賺得的錢大半捐給了慈善機構，但剩下來的還是非常多。

為了殺死像橫渡連耶的兒子和納帝那樣的惡人嗎？

我不知道。

所有惡人都是直接或間接地被表面偽善的人所支持或包庇着，那些人才是真正的罪魁禍首，我能殺得幾多個？

我曾刺殺過幾個惡名昭彰的政治領袖，但轉瞬又被另一些上台的暴君替代，我能殺多少人？這世界依然永遠地充滿罪行。

我感到前所未有的厭倦。

我厭倦一切，包括殺人或被殺，只想找個與世無爭的僻遠小島，躺在濕涼的幼沙上，仰觀日間的藍天白雲、晚間的點點繁星，和千嬌百媚的女郎享受自我欺騙的愛情遊戲。

我從不相信愛情。

儘管若母親和爸爸的海誓山盟，最後還不是落得互相痛恨。人只懂愛自己，並不懂愛別人。

儘管在某一時空會剎那間閃起激烈的情火，但一段時日後便煙消雲散，了無痕跡。

愛情只是個狩獵的遊戲。

刺激來自狩獵的過程和飽食前的光陰，長相廝守只落得苦忍和痛恨。

後天或大後天，隱身人便從此退出江湖，躲到地球上某一角落去，靜待老死的來臨。

或者我會回去探望被遺忘了的兒時小溪，將赤足濯在清涼的溪水裏，感受好奇小魚噬嚙腳趾尖的麻癢。

靈琴安詳靜寂。

我有個非常奇異的感覺：它正在聆聽我的思想。

我並不是孤單的。

由我踏進這古老大屋開始，便不是孤單了。我不知道它為何垂青於我，是因為我的無情還是多情。

我勉強自己站起身來，走到屋後的花園裏，將放在樹上的殺人工具拿出來，又小心地察視周圍的環境，在黑夜裏辛勤的工作起來。

一個小時後，我已成功地將兩個圓環固定在古老大屋牆身和街上的一條燈柱上。

明晚我將會把一條纖維索子，繫在兩個環上，造成一條逃走的捷徑，使我可藉簡單的設備，滑翔往街上，那處放置了一部表面看去破舊不堪，但卻是性能無懈可擊的防彈跑車，每一次殺人前，我都會妥當地安排逃走的方式。

但這是最後一次。

我突然間徹底地厭倦自己的工作。

這晚一夜無夢，次天一睜眼便跑到鎮中心，打了個電話，那是給我另一個聯絡人，「眼鏡蛇」黑山。

黑山完全不知我要暗殺納帝一事，而我最親近的五個聯絡人，亦各不知其他聯絡人是誰，這是我保命的安全措施。

黑山在電話中興奮叫道：「老闆！我找到你要的資料。」

我知道他的興奮是裝出來的，那是他蓄意給人的假象；使人摸不透他的底子，失了防範之心。

他是美國中央情報局裏的重要人物。

黑山繼續道：「我找到了納帝改容前的相片和他最近幹的一些勾當的資料。」

我淡淡道：「寄來給我。」

黑山道：「這個沒有問題，有個問題或者我不應該問。」

我道：「說吧！」

黑山道：「納帝除了是頂尖兒的政治刺客外，還是大毒梟橫渡連耶的首席殺手。近年來橫渡連耶的勢力膨脹得很厲害，地盤擴展至每一個角落，最好不要在這時間惹上他。」

我冷冷道：「中情局怎樣看？」

黑山道：「中情局也不願惹他，沒有人想成為橫渡連耶的眼中釘，包括局長在內。」

我心中冷哼一聲，這成了甚麼世界？操縱這世界的人，便是這類無名卻有實的惡勢力分子。

黑山沉默了一會道：「資料應寄到哪裏去？」

我說出了本鎮一個郵箱的號碼，那是我早便安排了的，但連老積克也不知道。因為若讓老積克獲悉我要行刺納帝的話，他便可從而推斷我行事的時間和地點，那我便可能會有危險了，所以即使是聯絡人也不能盡信，他們只是收取報酬和提供服務的工具。

打完電話後，我往回路走去。

路的兩旁植了兩排整齊的柏樹，陽光從濃葉照顧不到的地方灑射下來，造成深蔭處偶有的光影，微風輕吹下，光影像水點般顫動起來。

我反起了外衣領，阻擋晨早吹來的寒風。

不知是否變了，我忽地發覺自己很喜歡這條路。

是否因為它可帶我回到古老大屋內靈琴的旁邊？

「嘎！」

車輪摩擦柏油路發出尖銳的聲響。

我向旁一移，警覺地往馬路望去。

一輛雪般白的林寶堅尼停在路旁，車身反射着陽光，使我一時間看不清車裏坐的是甚麼人。

「嗨！」

車窗落下。

女畫家青思通過蝴蝶形的遮陽鏡，冷冷地向我打招呼。

在太陽鏡的對比下，她的皮膚特別白皙，臉龐更清俏，就像不食人間煙火的仙子，神色驕傲自負，帶着一股透視世情的冷漠，似乎只有畫內的世界才值她一顧。

一時間我忘記了言語，只是打量着她。

我和她似乎已非常熟悉，但又卻是並不相識的人。

她凝望着我，想給我一個笑容，但到了嘴角便消失了。

我心中升起一股奇異的感覺。

母親總愛說：「這世界每一件事莫非緣份。緣盡時怎樣挽留也是徒費心力，但緣來時你將它由正門推出去，它便從後門走回來。」

這青思是被緣份推進我的世界裏，殺了納帝後我便遠颺千里之外，但卻偏偏在這裏碰上了她。

青思泠然自若地道：「要不要坐我的車子繞上一個圈？」

我一咬牙，便要拒絕。

「叮咚！」

奇異的琴音在我耳內響起。

在這要命的時候。

琴音溫涼如水。

它像在鼓勵我，支持我。

「好吧！」

我聽到自己的聲音來自萬水千山外的遠處。

跑車在路上飛馳着，不一會越過了古老大屋和對面的俱樂部，在筆直無盡的公路前進，往郊區走去。兩旁是寬闊青蔥的大草原，間中點綴着各具特色的農舍，寧靜幽美。

青思全心地專注在她的駕駛裏。

琴音時現時隱。

青思淡淡道：「你很沉默。」

我沒有答她，因為不知如何答她，難道說「是」嗎？

那又有甚麼意思，人的說話裏有大半是毫無意義的。

她別過臉來，看了我一眼，但卻沒有再追問，那贏得我一點好感。

車子切進了一條小路，往上斜馳，不一會在一個小丘的頂尖處停了下來。

青思推開車門，走了出去。

我跟在她的背後，看着她婀娜多姿的背部，直走到能俯瞰遠近景色的最高點。

她的短髮在微風下輕輕飄拂，卓立高處，像個芭蕾舞員向着舞台下的觀眾，驕傲地挺起脊骨擺出最動人的美姿。

我來到她身旁，貼得很緊地站立着，鼻裏充盈着微風送來她身體的芳香，想來她沐浴不久。

她眺望遠方起伏着的山丘斜坡，輕輕道：「你是誰？」

我是誰？

我究竟是誰？

母親死前，我知道自己是母親的兒子。

母親死後，我便不知道自己是誰。

我只是走肉行屍地活着，像是與己無關地忍受和接受。

洛馬叔叔苦行僧式的訓練，我從不皺一下眉頭。肉體的苦楚，早和我的深心脱離了關係。附近的孩子總聯群結黨來對付我，但當我掌握了打人和被打的技巧後，他們遠遠見到我便要躲起來。

直至洛馬叔叔死的那一天，我才知道自己是他的唯一徒弟，他卻是我的師傅和恩人。

然後我更不知道自己是誰？

隱身人的繼承者？

人為的稱謂是毫無意義的一件事。

每當我看到鬧市裏人來人往的時候，看到他們臉上掛着思索和忙匆匆的表情，我只想大笑一場，他們只是活在一個自以為是的夢裏。

他們的腦能想到甚麼？

我卻想到生和死。

洛馬叔叔道：「生在你的左邊，死在你的右邊，只有知生悉死的人，只有不斷面對死亡，你才明白甚麼是生存。」

通過瞄準器的十字線看到的世界，才是我的真實天地。

「你為何不作聲？」她的聲音帶點不安和氣憤。

我望往她迎上來的美目，心灰意冷地道：「你要我怎樣答你？」

她呆了一呆，垂下了目光，道：「你是否懂巫術？」

這次輪到我愕然道：「甚麼？」

她聲音低沉下來，道：「昨天晚上我夢到了你，擁抱着一棵奇怪的大樹，晨早醒了過來，接着像是有個聲音在呼喚我外出，走不了多遠便碰到了你，這是否一種巫術？」

我愕然片晌，苦笑道：「若我懂得巫術便好了。」第一個我將會咒死槍殺母親的歹徒。

她輕鬆了一點，道：「我從未試過主動地邀請男人，你是唯一的例外，原諒我太困擾了，昨天……」

她像是找不到表達的言詞。

四周一望無際盡是湖光山色，綠野田園，她又是個罕有令人心動的美女，我不由自主地感到生命充實起來。

空氣是如許地清新。

晨早的陽光是這樣地溫煦。

為甚麼早先我感覺不到？

近處的山林傳來一陣雀鳥的喧鳴聲，圓潤而充滿生氣。

她坐了下來，側臥翠綠的草上，一手撐着在陽光下閃閃發亮的俏臉。

我受不住誘惑，也坐了下來。

她道：「我從未見過有人的眼神像你那樣？」

她不用告訴我，我也知道答案。

七個月前我在夏威夷遇到個火辣辣的美麗土女，便不斷告訴我：我的眼神冷漠憂鬱。

她很怕我看她，又很喜歡我看她。

她有點尷尬地道：「對不起，我不應這麼說，但畢竟你曾聽到有人叫我青思，我卻連你的名字也不知道。」

我感到強烈的情緒在我的血液裏沸騰着，我並不知道我想要甚麼？但生命不是可以在激情裏歡度，也可以在冷漠裏苦度嗎？

在悠長而沒有意義的生命裏，似乎直到這一刻才被掌握在手中。

我感到心靈超越了空間，和靈琴連結在一起。

她續道：「你總是那麼沉默嗎？」

我找回了自己，沉聲道：「說話並不是唯一的表達方式，你的畫便說出了你心中的感受，你也不是個快樂的人。」

她靜默下去，凝眺遠方的景色，眼神蒙上一層茫然，像薄霧覆蓋着澄藍的湖水，我知道她並不是真的在看，也不在想，但我不明白自己為何知道？而且是那樣自然而又肯定。

「誰是快樂的人？」幽幽的語聲，像來自地底下深不可測的遠處。

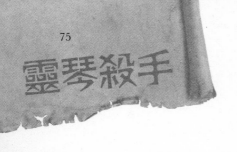

她望向我道：「昨天你站在我身後看我畫畫，起始時我很不滿意，因為作畫時我只想獨自一個人，但……不一會，你的存在不但不騷擾我，我竟然進入前所未有的忘我境界，那張畫我已不準備賣給委託我畫的人，我也不會多添半筆，就讓它像那樣子，那代表了我一個珍貴的經驗和心境。」

我點頭同意道：「那確是張真正有血有肉的畫，我也從不知道可以從一張畫內看到和感受到那麼多的東西。」

她沒有笑，若有所思地坐直了身體，伸了個懶腰。

我無法不把目光放在她身體的優美線條上，就像鐵遇到了磁石。

我遇過無數美女，佔有過無數的她們，卻到此刻才發覺從沒有真正在視覺上享受她們，只是用她們來洩慾，洩掉心中的緊張和對世界的憤恨。

她忽地笑了起來，道：「男人看我時總是色迷迷的樣子，但你的眼光卻完全不同，好像……好像……噢！我不懂說了，不知為甚麼，在你面前，我總是詞不達意。」

她舉起手掌，作狀要隔斷我的目光，嬌聲道：「不准那樣看人家。」

我心中灌進了一道接一道的暖流，冷硬的心一下子軟化起來。

我仰後便倒，躺在地氈般溫柔的草地上，一隻蚱蜢跳上我的胸膛，借力遠遠躍開，藍天上一朵白雲悠然自得，欲離不去。

我嘆了一口氣道：「青思！青思！這樣的一個好名字。」

她兩手撐地，盤坐的身體移了過來，直至膝頭幾乎碰上我的腰側，才停了下來，俯頭看我，道：「這世界多麼不公平，你知道我的名字，我卻不知道你的名字？你知我是畫畫的，我卻不知道你是幹甚麼的？」

她恰好背着陽光，頭頸的陰影投射在我臉上，有種使人心欲溶化的親切和甜蜜感。那對我是從未有過的新鮮感受。

我哂道：「這世界有公平嗎？如果有的話，你便不會長得比別人好看了。」

她並沒有因我的讚美而開心，嘴角浮現一抹苦笑道：「美麗真的是那麼好嗎？你時常也要防範別人，當人對你好時，你不知他要的是你的美麗還是你的內心。人是沒有滿足的，當他得到你的身體後，還要求你付出你的靈魂。」

忽爾間我明白了她的苦笑，在抵達生命這一點前，為了能成一位自給自足的藝術家，能夠得到自由，她已付出了很多很多，包括屈辱和犧牲；例如要得到為俱樂部繪畫這份優差，她是否要犧牲點色相？

她再次用手遮擋我的目光，笑道：「不要看我，我怕了你那能像看穿世情的眼睛。」

她的手離我的臉很近，我的呼氣都噴在她手心裏，空氣回流過來，使我的臉頰麻癢癢地，我也知道她感覺到我的呼氣。

從小到大，我都是以一個旁觀者的身份在觀察和等待，別人的歡樂熱鬧只像另一個星球的事物，甚至我和熱情如火的女郎做愛時，亦只是一個旁觀者。

她收回手掌，道：「我看得出你對別人的防範比我更嚴密，但……昨天你看我時，我卻像可以感受到你內心的至深處，我……我感覺到……感覺到很多東西，但卻不知怎樣說出來，唯一清楚的，那裏有對死亡的熱切期待。」

我一震伸手，抓着了她纖柔和懂繪畫的手。

手被納入我掌握的一剎那，她觸電似地打了個寒顫，俏臉飛上紅霞。

我也同時相應地一震。

這並不是一下普通的觸碰。

同一時間我耳際響起了幾下激烈的琴鍵和鳴的樂音，就像裂岸的驚濤拍打在矗立海畔長存的巨岩上。

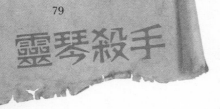

一股奇異的感覺洪水般在我們兩人身體來回激盪，橋樑就是我倆緊握的手。

那是一種沒有可能作任何形容的感覺，若要勉強說出來，就像能淹沒宇宙的無窮愛意在激盪着，那並非純是男女肉慾之愛——雖然那亦被包含在內——而是對一樹一石、一草一葉，以至乎宇宙每一樣事物的深情癡愛。

對以往、現在、將來每一個經驗、每一個時刻的熱戀。

我再也感覺不到生命的苦短。

好像自古以來我的生命便存在着，也會如此這般地存在下去，直至宇宙的盡頭。

我再不是我，她也再不是她。

我們的心靈融合一起，還多了另外一個靈體，就是靈琴。

自第一眼看到靈琴後，我的心已和它連在一起。

青思閉上了眼睛，小口微張，不住地喘氣，胸脯急促地起落着，全身顫抖起來，抵受着這無與倫比的情緒衝擊。

靈琴、她和我合成一個整體。

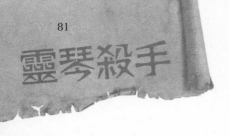

我感到靈琴也沉醉在我和青思間有血有肉的愛情洪流裏。生命的負擔和沉悶不翼而飛。

周圍充滿生機，我望向青思，她臉上和身體的每一個細節都清晰無倫，我甚至在欣賞着她那纖長而在末端略呈彎曲的眼睫毛。青春的血脈在她體內流動着，我嗅到她身體的芳香，愛意無可抗拒地衝擊着我的靈魂。

她睜開秀目，射出無盡的眷戀。

琴聲更急劇了。

我心中閃過一絲明悟：靈琴想我得到她。

假若那成為事實，我豈非只是任靈琴擺弄的玩物？

這個思想才掠過我的腦際，我已條件反射般鬆脫了握着青思的手，同時一個翻身滾了開去，站直了身，不過卻背對着青思。

她驚愕得「啊」一聲叫了起來，一口一口地喘着氣。

一切回復原狀。

那種透視生命，超越時間命運的感覺消失個無影無縱。

我又是那個平凡的生命體，只有無比的失落。

我轉過身去。

青思雙膝跪地，眼中閃動着難以形容的渴望和祈求，像是苦懇我再給予一次她剛才的經驗。

通過靈琴，兩個萍水相逢的人，已建立了他人數輩子也不能擁有的關聯。

靈琴你究竟是甚麼東西？

是上帝還是魔鬼？

我大步遠走。

青思高叫道：「你到哪裏去？」

我的耳聽到自己回答道：「我不知道。」

我的確不知道，自從母親死後，我便不知道自己應往哪裏去，只是走肉行屍地活着，我殺人從不手軟，因為對我來說，死亡正是生命的最佳歸宿，我並不是殺人的兇手，而是賜予死亡的天使。

甚麼是對？甚麼是錯？

是否大多數人認為對的就是對，那又怎解釋要求將耶穌釘上十字架也正是大多數的群眾呢？

我在路上走着，孤獨地走着，我故意踏上草地和碎石，偏離了車路，使青思不能駕車追上我，我希望能獨自思索一下，雖然腦裏一片空白，剛才的經驗使我整個人顛倒過去。

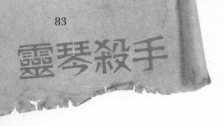

第五章

墮入圈套

兩個小時後，我步入古老大屋所在的大街，對面的俱樂部靜悄悄地，那是正午前後正常的情形，只有黃昏後，俱樂部的富豪會員才會駕車來飲酒作樂。

我來到大閘門，剛要打開閘側的一道窄門，忽地掠過一種奇怪的不安感覺。

我漫不經意地抬頭往閘內古老大屋望去，屋內因為光線較外為暗，又半下了窗簾，一般人會甚麼也看不到，但對我這種常在刀頭舐血的人，卻有另一套觀測的方法。

窗內有微不可察的閃光。

那是眼珠反光的現象，而且最少有三至四人。

我大為懍然。

但仍不動聲色，作出個忘記了甚麼東西的情狀，往市鎮方向不徐不疾走去。

「嘎嘎！」

車輪擦地的聲音由街的兩端傳來，一下子我進退的路全被封死，要命的是我赤手空拳，全無武裝。

我故作驚訝地往前後的車望去。

自動武器一挺一挺的從車窗伸出來，黑黝黝的槍嘴對準我。

我若要逃生，可說是全無機會。

有人出賣了我。

一定是黑山，只有他才知道我在這附近，但納帝為何會知道我要到這裏來暗殺他，這是黑山也不知道的事。

兩架車一前一後攔着，六、七名持着AK四十七和M十六自動步槍的大漢，撲了下來。

我裝作不知所措，舉起手踉蹌後退。

其中一名大漢喝道：「不要動！」

「轟！」

地轉天旋。

當我想到是給槍柄敲在後腦時，已昏倒了過去。

但當他們將我塞進車裏時，我已醒轉過來。不是因為他們下手輕了，而是當槍柄敲在我頭上的一刻，我巧妙地將頭移動了少許，以最堅硬和較不易受傷害的部份，迎上了槍柄，同時頭向下搖，使槍柄不能敲個正着，而是卸滑了開去。儘管那樣，我仍難免陷入短暫的昏迷裏。

我將身體完全放軟，連眼珠也停止轉動，否則經驗豐富的老手，會從我身體微細的反應裏，又或從眼簾的顫動，判斷到我只是假作昏迷。

冰冷的槍管緊抵着我的後頸。

這批是高水準的職業好手，不會疏忽任何的漏洞，但仍是低估了我。

雙手被反到背後，給流行的塑膠手扣纏起來，接着是雙腳，在他們綁索的剎那，我的手和腳巧妙地轉了個角度，使表面看來的緊綁，留有絲毫的鬆動，那可能是逃生的一線希望。

洛馬叔叔教曉了我很多技能，其中一項便是解索的絕技，不要以為這只是一種花巧的功夫，而是真正的苦練，使你的身體能以常人難以做到的方式伸縮和轉折，甚至骨節也可斷開和重接。

汽車開出。

我一點不感意外，它沒有駛進俱樂部裏。沒有職業好手會不先離開作案的現場，使儘管有目擊者也不能把握他們的行蹤。

汽車電掣風馳。

我知道他們很快會停下來，因為若是長程的旅途，他們會將我塞進車尾箱裏，而不會留在當眼的車廂裏。

細聽呼吸，車內除我外還有四個人，他們都默不作聲。

其他的車子一定往另外的方向駛去，否則一列幾架車載着十多名臉帶兇相的大漢，只是電影裏戲劇性的情節，沒有人會比真正的黑社會好手更低調，那是生存之道。

我也休想遇上任何一輛警車或警察，以橫渡連耶的勢力，會巧妙地知會警方，使他們避開押載我這輛車的路線。

我不能奢望任何人來救我，一切只有靠自己了。

其中一名大漢道：「是否弄錯了，怎麼他連小刀也沒有一把？」他說的是意大利西西里的土話，顯示他是橫渡連耶家族裏最內圍的人物。

黑手黨雖無孔不入地伸入社會各種階層裏，但最核心的精銳，都是從西西里本土招募的。而當父母知道自己的子女入選時，便好像有子女做了總統那樣地光榮。

另一人以西西里土語答道：「應該不會錯，只有他才符合兩方面來的資料。」

我心中一震，已然明白了整件事。老積克和黑山聯手出賣了我。而整個刺殺行動竟然是一個苦肉計式的陷阱。

先是誘我去殺納帝，所有供給我的納帝行蹤，都是精心安排的陷阱，等待我步進羅網。但我只信自己的行事方式，卻使我全避過了。

於是他們通過黑山，以有關納帝的資料誘使我說出身處之地，兩方面結合起來，便推斷出我是隱身人。

一直沒有作聲的另一名大漢道：「他非常警覺，到了屋前也不進去，而且他很強壯。」

最早表示不相信的大漢道：「據資料說他的身份是職業作家，自幼便酷愛運動，這樣的體魄有何稀奇，剛才我們行動時，他笨手笨腳，惶然失措的樣子才叫人發笑呢。」

駕車的大漢截斷道：「吵甚麼，老闆來了，一切便可解決。」

眾人沉默起來。

我心念電轉，已想出應採取的應付方式，洛馬叔叔道：「一天你仍生存，便有反敗為勝的機會。」

「轟！」車身劇震傾斜。

車子往上駛去，進入了另一個空間，停了下來，接着是關門的聲音。

我不用睜眼亦知道車子是駛進了大貨櫃車後的巨型貨櫃裏，這是讓作案車子消失的有效手法之一。若貨櫃車能駛進一條很多貨櫃車往來的公路上，那更能魚目混珠，使人欲追無從。

橫渡連耶能名列世界毒梟榜首之列，自有其一套方法。

貨櫃車移動着。

大漢們沉默起來，事實上貨櫃車發出的機動聲非常嘈吵，加上車子本身的引擎為了使空調有動力而開啟着，更不適合交談。

我的腦筋並不閒着。由上車開始，我便計算着車子的速度，每一個轉彎，所需的時間等。洛馬叔叔有很多絕技，其中兩項便是不用依賴時鐘去判斷時間，和決定一樣物體移動的速度。這都是成為偉大殺手的必要條件，我是他青出於藍的高足。

一小時三十七分後，貨櫃車停了下來。

從車聲的反響，可判斷出這是大貨倉一類的密封空間內部。

我給抬了起來，離開貨櫃車，走了一段路後，停了下來，接着給人粗暴地往地上擲去，「砰」！頭撞在牆上。

強烈的光從四面八方射來。

「嘩啦！」

一桶水照頭向我淋來。

我裝作受驚小鳥的形態，茫然驚醒，抬手遮擋刺目的強光，在強光下人影憧憧，都看不見面目，但我知道納帝來了，可能連橫渡連耶也親自駕臨，對於殺掉他獨生愛子的人，他又怎能慳那一面之緣。

「放下你的手！」

我叫道：「你們是甚麼人，想……」

「砰」，一名大漢越眾而出，抓着我肩頭將我抽離地上，膝頭重重頂在我腹下，痛得我彎下身去。

那大漢緊抓着我的肩頭，不讓我彎下身去，狠聲道：「問你一句答一句，明白嗎？」

我的痛楚百分八十是裝出來的，這大漢雖然粗壯有力，但隱身人忍受痛苦的能力之強，又豈是他能想像。

我勉力地點頭。

大漢又再來一下膝撞，暴喝道：「答我！明白還是不明白。」

我以軟弱的聲音道：「明白！」

又一下膝撞。

大漢道：「我歡喜人大聲答我。」

我順他意大叫道：「明白了！求求……」

「砰！」

我接收了這預估的暴力，整個人像蝦公般彎起來。大漢將我擲回地上，一邊退往光影外的陰暗處，一邊冷冷道：「不要說多餘的話！」

我手足均被綁，像條木柱般在地上滾動，直到牆邊才停下來。十多盞射燈集中在我身上，溫度迅速上升，汗水沿着額頭流下，從每一個毛孔滲出體外，這倒不是裝出來的。

一把沉雄的聲音以帶着意大利口音的英語道：「你叫甚麼名字？」

我答道：「夏維連。」

那人一連串問題，例如問我的職業，出生的年月日，父母的姓名，過去十多年幹過的事，我一一以早擬好了的假資料對答。

接着是一片令人難受的沉默。

我知道他們無法從答話中找到我的破綻。肯定我是否隱身人是最關鍵的環節。在他們的立場，若是誤中副車，讓真的隱身人逍遙在外，他們的危險大得難以估計。

刺目的強光使我看不到他們的表情。

一把冰冷若利刃的聲音道：「是不是他？」

我心裏一震，這句話並不是向我說的。

一陣靜默後。

那冷若利刃的聲音再道：「你呢？」

我心內冷笑，剎那間明白了一切。

老積克和黑山也來了，而這冷若利刃的聲音便是納帝。

剛才問我一大堆話，是讓只聽過我聲音的老積克和黑山辨認我的聲音，看我是否隱身人。

他們行了錯誤的一着棋子。

雖然我看不見老積克和黑山的反應，但可肯定他們在搖頭表示不是。

洛馬叔叔是個精擅語言的人，他教曉了我很多不同的語言，所以我才聽得懂西西里土語。他也教曉我說帶着不同鄉音的英語，和如何改變自己的聲線，所以我和老積克及黑山通話時，用的是有濃重愛爾蘭口音的英語和另一種聲線，這一着現在成為了我的救星。

又是一陣沉默，我感覺到暗影裏十多名窮兇極惡的人的失望，而且我一直表現極佳，更使他們懷疑我是否隱身人——國際上最負盛名的職業殺手。

其中有兩人的呼吸粗重起來，不問可知是老積克和黑山兩人。背叛隱身人的後果便是死亡，現在最想抓到我的人是他們而非納帝或橫渡連耶。

一把蒼老威嚴的聲音，以西西里土語淡淡道：「將他關起來，三天後我們便知道他是誰？」

橫渡連耶也來了。

同一時間我有若被人在胸中重擊一拳，薑是老的辣，只要三天內沒有人到那郵箱取走黑山寄給我有關納帝的資料，他們便可從而推斷出隱身人已給他們捉了起來。

而我就是隱身人。

接着我給他們以黑眼罩蒙着了眼睛，又以耳罩封着雙耳，手足仍在緊綁下，將我抬往另一處所。大約三分鐘後，才被放在一張柔軟的床上。

我眼見是一片漆黑，耳裏只是嗡嗡的空氣滾動聲音，我甚至不知旁邊有沒有人，更聽不到開門或關門的聲音。

我聽視的能力均被褫奪了。

這是非常厲害的手法，只要有一個錄像機的鏡頭對着我，由專人二十四小時輪流看着我，再以少量流質的食物維持我的生命，那即使我是成吉思汗再世，也將無所施其技。

而且這一着，將把人推進到不能忍受的痛苦境地。突然間失去了視聽這兩大功能，一個正常人將再不能如常地思索，他的意志和堅持將會完全崩潰，硬漢也要屈服。

這是比任何酷刑也要嚴厲的酷刑，同時也可藉此推出假若他們發覺我真的不是隱身人，便會將我放走。又因為我實質所受的肉體傷害並不大，就算報警也不會受重視。正確來說，應說是給予他們買通了的警察不加重視的藉口。

不要以為黑社會分子定是殘忍好殺，草菅人命，那只是不入流角色的所作所為。

洛馬叔叔曾說過：「真正的職業好手，只在與業務利益有關下，才會殺人。」

所以只要有人在三天內，將那寄給我的資料拿走，我便可重獲自由，而且比以前任何時刻更有機會殺死納帝或橫渡連耶，當然包括黑山和老積克這兩名背叛我的人。

但我怎樣才能逃走？

在這種處境下，敵在暗我在明，主動權完全在別人手裏。

我唯一聽到是自己的心跳聲、脈搏聲，和體內各種平時全無所覺的聲響。

「叮叮咚咚！」

我渾身一震，美麗動人又親切無比的琴音在我密封的耳內奏起。

第六章

智脫險境

靈琴來了。

我第一次專心一志地聆聽着它的琴音，不一會我的心靈與琴音緊密地連結起來。

琴音裏似有無限的關切和焦慮，又像在呼喚着我。

一幅清楚的圖像在我的腦海浮現出來，是我早已見過的東西。

在第一天住進古老大屋裏，那晚我倚着靈琴睡着了，夢到一棵參天的古樹，土人圍着它跳舞和祭獻。

這時我又看到那棵樹。

但比之夢境更真實和清晰。

我超越了時空，以一個隱形的旁觀者，在半空中俯視着這一切。

一個祭司般的人物帶頭跳着奇異的舞蹈，不住向這不知名的古樹膜拜着。

十多名土人圍坐另一處，不斷敲打着羊皮製的大大小小各種式樣的鼓，讓近百名男丁隨鼓聲起舞。

土人身上塗滿鮮明的油彩，身上手上頸上掛着一串串的鈴子，每一下跳動都帶來清脆的撞擊聲。

數百名婦孺虔敬地圍坐在更遠的地方，參與這祭樹的盛典。

我忘記了自己的可悲遭遇，完全迷失於這奇異的視像裏。

土人臉上的表情如醉如癡，我清楚地看到他們每一個表情，每一下動作。

古樹的樹身，在陽光灑射下，閃着點點金光。

我一陣顫抖。

明白了！

靈琴的木質和古樹一模一樣。

靈琴是古樹造成的。

誰會將這被土著視為神物的古樹鋸下來做琴的身體。

很快我便知道了答案。

「轟轟轟！」

如狼似虎的外國騎兵，潮水般從四面八方淹至，來福槍火光閃動，土人紛紛倒下，連小孩和婦女也不能倖免。

鮮血染紅了嫩綠的草地、美麗的古樹。

最後當所有土人都倒在血泊裏時，一名帶頭的將領來到古樹前，伸手摩挲着，眼中露出欣賞的神色。

畫面隨着琴音變化，這時調子變得哀傷不已，令人心神皆碎。

靈琴通過琴音，以它的靈力貫通了我的心靈，向我細數它充滿血淚的歷史。但儘管發生了這樣可怖駭人的大屠殺，琴音仍只有悲哀，而沒有憤怒，也沒有仇恨。

接着古樹被鋸倒，成為一塊一塊的木材，造成各式各樣的東西，包括傢俬、木雕和放在古老大屋內的靈琴。

但古樹內為土人崇拜的奇異生命並沒有死亡，它默默地寄居在琴裏。直至遇上了我。

一股潮湧般的哀傷滲過我神經，靈琴和我的相同點，是我們都是受害者，也同是那樣地孤獨。

古樹已不知經歷了多少以千年計的久遠年代，和平地存在於天地之間，以植物的形態享受着生命，享受着雨露風晴，晝日夜月，最後還是逃不過自以為是宇宙核心可肆意忽視其他動植物生存權利的人類的毒手，被迫困在一個被人捨棄了的閣樓裏。

琴音漸轉，至乎細不可聞。

倦意襲上心頭，我感到靈琴向我說：好好睡一覺吧。便沉沉睡去。

不知多久後，有人拍打我的臉頰。

我驚醒過來。

一把男子的聲音冷冷道：「喝吧！」

吸管伸進我口裏。我用力一吸，鮮奶源源不絕進入口腔內，通過喉管流進胃內。

我升起一股莫名的哀傷，靈琴靈琴，你究竟在哪裏？

「叮咚！」

清音輕響。

我的腦海清晰無比地浮現出靈琴靜立在閣樓內的景象，陽光從窗的破隙射入來。

我心中一呆，這是早上的陽光，難道我竟睡了一天一夜。

是否靈琴的靈力使我如此不合常理地熟睡？

還有兩天，就是我末日的到來。

我的心在叫道：「靈琴靈琴，我可否通過你的力量，你的慧眼，看到四周的環境？既然你能使我看到你，是否亦可看到其他東西？」

這個念頭還未完，我已發覺從上而下俯瞰着自己。

被蒙眼蒙耳的「我」，躺在一張單人床上，一名大漢拿着一瓶牛奶，正餵我進食。

我強壓着心中的興奮，心念再動，視線像隻會飛翔的小鳥，移往房外，迅速察探周圍的環境。

不到片刻工夫，我已弄清楚身在碼頭旁的一個大貨倉裏。果然不出我所料，另有三名大漢在隔鄰的房間裏，通過閉路電視監察着我的情形。

一個更大膽的想法在我心裏冒上來。

靈琴靈琴，你既能使我熟睡，是否也能使這些大漢們昏睡過去？

幾乎是同一時間，那三名大漢頻打呵欠，先後東歪西倒地睡了過去，在我房內的大漢，剛拿起我吸乾了的空瓶，便倒睡在床邊。

沒有任何言語可形容我此刻的歡樂。

我的手一輪活動後，輕易地從捆綁鬆脱出來。接着在雙手的幫助下，腳亦回復了自由，拿下蒙着眼睛和耳朵的東西，才發覺視聽是如此的可貴。

我從床上跳了起來，通過打開了的門來到隔鄰的房間，在三名熟睡的大漢身旁，拿起電話，撥了一個號碼。

牆上的鐘顯示時間是早上十時三十分，我的而且確睡了一天一夜。

電話接通了。

黑山的聲音道：「誰？」

我冷冷道：「黑山！」

黑山呆道：「隱身人？是你！」

只是這一句驚惶失措的話，已暴露了他對我的背叛。

我笑道：「你好嗎？黑山。」

黑山聽出我異常的口氣，勉強鎮定地道：「你拿到我寄給你的東西了嗎？」

我淡淡道：「你請來了這麼多朋友在郵局等我，我又不是那麼愛交際應酬的人，惟有避之則吉呀！」

黑山顫聲道：「你誤會了！」

我沉聲道：「走吧，有那麼遠便走那麼遠，挖個洞，鑽進去，但我給你準備的一份大禮，一定會送到你的手上。」

我掛斷了電話，這幾句話已足夠了。

我並不逃走，施施然回到囚室，首先將雙腳重套入塑膠腳銬裏，又蒙上眼睛耳朵，再將自己反縛起來，這些在一般人可能非常困難的事，但像我這曾受解縛訓練的專家手上，卻是輕易地完成。

現在到了最重要的一環。

靈琴靈琴，喚醒他們吧！

這次我看不到任何景象，但卻感到身旁的大漢移動時觸碰到我的身體，我雖聽不到他的說話，但卻估到他定是咒罵着自己竟會睡了過去。

時間一分一秒地溜走。

大約三小時後，我給抬了起來，並用布團塞口，不一會置身在貨車之內，身體的移動，使我知道車子正以高速行駛。

這是一場賭博。

假設他們要殺我這「無辜的人」滅口，我便完了。

但我不相信他們會做這樣的蠢事。放了我，對他們並不能造成任何傷害，當然那要假設我並不是隱身人。

我也不能不賭上一注。

若我逃走了，他們便知道我是隱身人，而我也失去了「隱身」的最大優點。此後全世界的黑社會都會找我，而我只能像老鼠般東躲西藏。所以我不得不以性命賭上一注。

這一注若是押中了，我便比以往處在更有利的地位，殺死納帝和橫渡連耶。

隱身人是有仇必報的。

貨車停了下來。

我給抬出車外，陽光射在我的臉上，又嗅到樹木的氣味，封耳的罩子給拿了開來，雀鳥的叫聲立時傳入耳裏，使我知道身處郊野。

一把聲音在我耳邊道：「小子，算你走運，今次我們放過你，但記着，不要報警，也不要和任何人說起這件事，否則我們會取你狗命。」

手腳的捆綁給利物挑斷，我裝作手足痠麻地扭動。

那聲音又道：「乖乖地在這裏躺一會後，才可拿開眼罩，否則定不饒你。」

我當然乖乖地不動。

車子去遠了，我才坐了起來，拿出塞口的布團，脫下眼罩。

眼前是優美的田園景色，剛發生的一切便像個毫不真實的夢。

靈琴！我不知應如何表達我對你的感謝和愛意。

「叮咚！」

琴音在耳內鳴奏，輕鬆愉快。

忽地間，自母親死後沒有須臾與我分離的孤獨感，已不再存在。

隱身人再不孤獨了。

三小時後，我回到古老大屋裏，首要的事就是去探問閣樓上的好朋友。

「鈴！」門鐘驚心動魄地響起來。

通過大門的電眼，我看到盈盈而立的俏佳人。

門開。

青思兩眼紅紅地，顯是一夜未睡，疲倦地道：「我可以進來嗎？」她的聲音帶着輕微的顫抖。

我默默點頭，讓往一側。

她走進屋內，肩膀擦過我的胸口，一陣溫柔湧上我的心。

我道：「跟我來！」踏上通往三樓的樓梯，她柔順地隨在身後。

到了三樓，腳步不停，不由自主地往閣樓走上去，似乎有股力量在吸引着我。

這是黃昏的時分，閣樓昏暗幾至不能視物，我亮着了先前留下在閣樓的手電筒，把它豎立在琴蓋上，一道光柱筆直射上閣樓的天花，造成一個青濛濛的光圓。

青思在我身後「啊」一聲叫起來，驚奇地道：「竟有一個這麼美麗的大琴，是甚麼木造的？」

琴身閃動着點點金光。

我伸手輕摩着琴體，心中充滿了感激和愛意。

我再也不孤獨了。

一個孤獨的琴，一個孤獨的人，加起來便不再孤獨。

青思移到琴的另一邊，靠着琴望向我，輕聲道：「昨天我找過你兩次，但你都不在。」

她的俏臉在光影下輪廓份外分明，線條更強烈，被蒙了一天一夜的眼，更感到純視覺的享受。

青思垂下了頭，軟弱地道：「為何你不作聲，是否討厭我？」這兩句話大有情意，我心中一陣激盪，我發覺自己再也不是遇到靈琴前的隱身人，那個不知情緒為何物的冷血動物。生命之所以多采多姿，便是因為情緒的存在。

青思勇敢地抬起頭來，望着我激動地道：「只要一句說話，我立即便走，再也不回來。」

我感受到她女性的自尊和驕傲。

一股奇異的感覺，從靈琴流進我撫摸着它的手掌，灌進我的心湖裏，我清楚地感覺到青思那微妙情懷的每一細節。

生命竟是如此地可愛。

靈琴雖遭了人類無情的毒手，但它卻從不憎恨人類。對它來說宇宙裏只有愛，我不知為何有這樣的明悟，但卻清楚地「知道」。

我深深地望着青思。

青思崩潰下來，淚水川流而下，卻沒有說話。

我感到她的心悲呼着：「你這男子，為何在我以為這世上已不可能有至死不渝的愛情時，卻硬闖進我黑暗的天地裏，你是否知道我的痛苦，我的傷悲。」

美麗對她是一種生命的負擔。

但生命對我來說已是一種負擔。

我沉聲道：「我只是個流浪者，由出生那天便開始了流浪，由開始流浪那天，便等待着流浪的結束。」

青思飲泣起來，悲愴地道：「流浪者，我不知你是誰，也不知道你的名字，但由你看我作畫那一刻開始，我便沒有一刻能忘記你，雖然我曾作過那樣的努力。

「我遇到你至現在只有三天的時間，但卻像經歷了三萬年、三百萬年的悠久歲月。我知道愛情是痛苦的，但卻從不知道在真實的發生裏會痛苦到這種地步。趕我走吧，我知道在你孤獨的流浪裏，並不能容下任何其他東西，我從未見過比你更悲傷的人。」

我移動身體，來到她前面，伸手抓着她的肩頭，更細審她掛滿臉頰的淚珠，細察不斷加入的新淚，心中滿溢着愛憐，我們大家都是生命的流浪者，為何要拒絕生命所能賦予的快樂。

青思垂下了目光，不敢接觸我燃燒着的眼神。

靈琴靈琴，你是否在看着，感受着。

人類唯一與你共通的地方，是否能打破孤獨的愛。

我感到靈琴在看着，在感受着。

自遙不可知的久遠年代，靈琴前身的古樹便在看着和感受着，享受這宇宙裏一切的發生。它不願像人類般去改變和破壞自然，而是融入自然裏，變成自然的一部份。人類並不能了解它的能力，但它卻巨細無遺地了解到人類的一切。它不會因人類的破壞而仇恨，只會為人類的無知和自我毀滅而悲泣。

這些了解從靈琴的心靈流進我的心靈裏，我發覺自己對以往的殺手生涯進一步地厭倦，生命究竟是為了甚麼？

偉大和卑劣，轉眼便過去了。

青思逐漸收止了悲泣，但肩頭仍無助地抽搐着。

我輕柔地道：「知道嗎？由第一次見到你時，我便愛上了你的短髮，感覺美麗對你造成的負擔。」

她觸電似地一震，不能置信地抬起頭來，道：「天！你竟會對我説這種話。」

我知道她想的是在那美麗黃昏她初見我時的情形，但我想的卻是從望遠鏡看到她坐着尊尼約曼的座駕進入俱樂部的情景。

我湊過臉去，用舌頭舐了一粒淚珠，用心地嘗着。

她顫震起來，用盡全身的氣力，投入我的懷裏，一對纖手蛇般纏上我的頸項，死命貼緊我，用力摩擦和扭動着，口中不斷發出痛苦和歡樂交集的低吟。

我第一次全心全意擁抱一個女人。

並體會到男女間刻骨鏤心的愛戀滋味。

靈琴靈琴，你改變了我。

靈琴沉默着。

第七章

驚悉噩耗

痛苦、仇恨、殺手的名譽和責任，只要不去想，便不再存在。

假若我帶着青思，遠走他方，或者遊遍天下最美麗的地方，生命便可以美好無瑕，可以是最美好的流浪。

我感到靈琴在贊同着。

縱使我殺了老積克，殺了黑山，殺了納帝和横渡連耶，但那有甚麼用？這世上還是有無數的他們，死去的會被未死的代替。

我伸手托起青思的下頷，溫柔地道：「我們走，我們去流浪。」

青思不住點頭，卻說不出聲音來。

兩個萍水相逢的人，三天前道左相逢的一男一女，卻若已相處了三萬年、三百萬年。

假若可以，我和她今夜便走。

但我仍要安排一下，因為我要帶着靈琴走，我再也不會讓靈琴孤獨地留在這古老大屋的閣樓裏。

琴聲響起。

充滿了歡樂。

我腦海浮現一幅一幅的畫像：廣闊的原野，茂密的山林，群山環繞的谷地，宿鳥驚飛，以千計在河旁喝水的動物。

靈琴想我送它回遠在非洲的故鄉。

好！那將是我的第一站，又或是終站，誰說得上來。

青思道：「我們何時走！」

我沉吟半晌，道：「我要安排一下，或者是明天，又或是後天。」

青思道：「最好是後天，我答應了尊尼明晚參加他的一個酒會。」

我道：「酒會在甚麼地方舉行？」

青思道：「本來地點是在俱樂部裏，但尊尼臨時又改了在紅葉鎮他在南田路的別墅內，他一向很照顧我，我不想失約。不要誤會，他只是邀我來作畫的僱主。」

我心底裏微微一笑，納帝現在是驚弓之鳥，所以要將一切既定的計劃改變，原本定在冒險者俱樂部的酒會，改在尊尼約曼另一別墅舉行。

不過這一消息現在與我已一點關係也沒有，隱身人就在今日此刻退休。

洛馬叔叔是不會怪我的。他在臨死前三天，曾對我說：「不要以為只有死亡才可結束殺手的生涯，當再生的機會來到時，殺手便要放下以往的一切，迎接新的生命。可惜我等到現在，還沒有這機會。」

三天後他死了，以死亡的方式達到殺手的再生。

在我眼前死去。

死亡會使人像吸毒般地對她眷戀，無法捨棄。在以往的日子裏，只有殺人或會被殺的可能，才能使我感到自己的存在，感到自己在掌握着生命。

我是唯一能明白洛馬叔叔所說「再生」之意義的人，因為我是同等級數的殺手。

任何事物當牽涉到智慧精神力量的全面投入時，都變成了某一種藝術。青思畫畫，我殺人，為了這藝術，自然要有其他方面的犧牲。

青思激動地道：「流浪者，我不會再讓其他男人沾我一根手指，相信我。」

她這樣一說，我反而更明白到我前此的估計，她為了爭取到工作，不得不犧牲自己的美麗身體，所以才會這樣說。

過去便讓她過去吧。

我愛憐地道：「明晚宴會完後，立即回到我身邊來，以後我們再也不會分開。」

青思猛力地點頭，像個世上最乖的孩子，最聽話的孩子。

我柔聲道：「你先回去吧！明晚再見。」

青思叫道：「不！我要留下來陪你，我要和你做愛直至天明。」

我微笑道：「你對我的性能力估計得那麼高嗎？」

青思俏臉微紅，但身體卻滾熱起來，垂頭低聲道：「我想知道！」

「呀！」

在青思既驚且喜的叫聲裏，她整個人被抱了起來，放在靈琴闊大的琴蓋上，然後我壓了上去。

青思在我下面扭動着，逢迎着，口中發出動人心魄的嬌吟。

「叮叮咚咚！」

靈琴打破了沉默，奏出了歡愉的樂章。

無論現場有多少人，但我只是它唯一的聽眾，青思對我毫無保留，靈琴也對我毫無保留，孤獨的隱身人再也不孤獨。

奇異的感覺在蔓延。

靈琴與我的心靈合成一體，再無分彼我。

剎那間我感到無窮無盡的天地，感受到青思對我能淹沒大地的愛意，而她亦感到我對她的愛。除了肉體的緊密接觸外，我們的精神亦融合在一起。

我和青思同時感到環境在變遷着。

這再不是城市角落裏一所古老大屋內的閣樓，而是非洲星空下廣袤的草原。

我近乎粗暴地脫掉她的衣服，讓她露出羊脂白玉般美麗的胴體，她全心全意地遷就我、方便我、配合我。

我們沒有說話，因為那不再需要。

她將心靈和肉體都開放了。

在靈琴的引領下，當我深深地進入她的身體時，也進入了她平時封閉的心域裏。

陣陣歡愉似波濤洶湧般衝擊着我倆。

琴音更急了。

每一串音符，都會帶來一串的圖畫，靈琴在教導着我，使我通過心靈的眼睛，看到另一個心靈的景象。

我看到那天青思畫的畫，夕陽在俱樂部的上空染出一片哀艷，我也打開了自己，讓青思看到我少時常到的那道小溪。

我、青思、靈琴，被愛融合同化，一個接一個的高潮下，我們再也無法分辨彼此。

所有我從不肯顯露的秘密、一切痛苦、創傷、對死亡的深刻期待、迷失、對母親的愛戀、對洛馬叔叔的尊敬，無條件地通過靈琴奉獻出來。

青思也在這樣地做着。

我感受到她的愛、她的希望和恐懼、對時間的哀傷，對生命的要求。前所未有的情緒和精神支援下，我們瘋狂做愛，絕對的放鬆和休息，然後再做愛，就在靈琴家鄉的土地上，直至天明。

生命從未曾像今夜那麼歡愉，完全地接管了我一向被死亡統治了的世界。

在其中一次休息裏，青思道：「天！我從未想過做愛可以達到像你和我般的境界。雖然我時常憧憬『愛』應是那個樣子，但每一次我都失望了。無論我以為自己怎樣地愛對方，甚至設法欺騙自己，但我從來不曾擁有甚麼，充其量只是擁有多一次做愛的經驗，但現在我已擁有全世界。」

第二天清晨，欲捨難離下，我們分了手。

我跑到鎮裏，安排即將到來的旅程，靈琴的包裝和運送，我以十倍的價錢，作預付的訂金，獲得最快捷的服務。

我租了一輛車，自由自在地在寧靜的路上電掣風馳，享受再生的快樂。

左方遠處出現一座座建築物，看來是大學一類的處所。

心中一動，想起曾被我碰巧下施以援手的少女莎若雅，她不是曾說過在附近的音樂學院讀音樂的嗎？

想到這裏，心中浮起她被我的粗暴對待後的慘痛面容，不禁一陣內疚，不由自主地一扭軚盤，駛進通往學院去的支路。

路的兩旁植滿樹木，林木間不時有學生坐着或走動着。

我把車停在一旁，步下車去，心想這也是個散步的好地方。

我來到一株參天古松前，虔誠地看着，與靈琴接觸後，我發覺自己再不能像以前用看死物般的眼光對待任何植物。

無可否認植物是生命的一種形式，但我們卻否定了它們也有某種不同形式的思想、精神和靈覺，只知肆意砍伐。

自文明開始以來，人便站在大自然和其他生命的對立面上，但靈琴使我知道了另一個世界的存在。

遠處傳來話聲。

我循聲望去，三男一女正步下一座建築物的石階，朝着我走過來。

當中身長玉立的女孩，牛仔褲深紅大風褸，秀髮飄揚，說不出的優雅瀟灑，正是莎若雅。

另三名男生看來是她的同學，正向她大獻殷勤，爭取芳心。

我受過訓練的殺手之眼，老遠便看到她清麗秀氣的俏臉帶着淡漠和哀怨，並不為身旁男生的獻媚而有動於衷。是否我對她造成的傷害還未消退？

她仍沒有看到我。

我待在路旁，不知應否給她打個招呼。

「噢！」

她輕叫一聲，停下腳步，不能置信地望向我，身旁的三名男生也停住了，向我望來，眼裏似有敵意。

我們的目光交纏在一起。

她垂下了頭，加快了腳步，轉往右方的路上，迅速遠去，男生們緊跟而去，充滿勝利的神色。

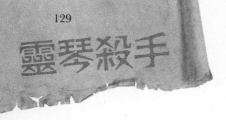

他們的聲音遠遠隨風送來。

「莎若雅！今晚的舞會你來不來？」

「你要和我跳第一隻舞。」

但卻聽不到她的回答。

我的心中一陣失落，這也好，誰叫我曾那樣地待她，這也好！

我極目遠望，見到左方遠處的一個噴水池，心中一動，緩步走過去。

陽光灑在身上，人也變得懶洋洋地，甚麼也不願去想。

身旁不時走過年輕的學生，他們的朝氣也感染到我，他們擁有我錯失了的東西。

自母親死的一刻，我便步入了等待死亡的暮年，雖然那時我只有十二歲。

草地上，一群男女學生圍着一位教授坐着，興奮熱烈地進行討論。

我和他們便像長在不同星球的不同生物。

噴水池嘩啦啦地作響，傾訴着水的故事。

水花噴上天上時，在陽光下不時現出一道道彩虹，有若一個接一個的希望，又似永遠抓不着的美夢。

我獨自站在水池旁，呆望着可望而不可即，但卻從不間斷的「希望」。

你可以有無數的選擇，但真正的選擇卻只有一個，正如以前我選擇了做隱身人，現在卻選擇了放棄。

急碎的腳步聲在我身後響起，到了我身後七、八呎處，驀地停止。

我緩緩轉身。

莎若雅站在那裏，抬頭望着我，口唇輕顫，卻說不出話來。

陽光下，她晶瑩的臉龐閃閃生輝。

一向拙於言詞的我，也不知說甚麼才好？

還是她先說道：「為甚麼來這裏？」

我誠懇地道：「是來向你道歉的。」

她神情有點漠然道：「不敢當，你施予我這莫不相干的人的恩惠，足可侮辱我一百次、一千次也使我不敢怪你。」

對於那天的事，她仍未能釋然，我心中嘆了一口氣道：「我要走了。」

這句話大出她意料之外，呆了一呆，俏目射出憤怒的神色，背轉了身，跺腳道：「走！走！永遠不要回來，你是魔鬼。」

最後那句話，使我像被小刀捅了一下，當我回到車上時，連頭也沒轉回去半次。

回到古老大屋後，我一直躭在閣樓裏，挨坐牆角。

靈琴立在閣樓正中處，寧靜安詳。

間中它會響起一串的清音，每當那發生時，我都會看到一些遙遠的地方，美麗的星空、月夜下的草原，靈琴的故鄉，它對鄉土的思憶。

日沒月出。

我不知道過了多少時間，甚至連看錶的念頭也沒有，在這樣的情景裏，我喜歡那種迷失在時空裏的感覺。

我想到青思，也想到莎若雅，她們都是很好的女子。

靈琴的心靈和我融合到一起，一起思索着，享受着我腦內對她們的記憶和想像，充盈着無盡無窮的愛。

時間一分一秒地繼續它永不稍停的步伐。

但青思仍未來。

閣樓內黑壓壓地，而靈琴的身體卻閃着點點金光，有若漆黑夜空裏的點點星光，有若一個自具自足的獨立宇宙。

「鏘！」

我整個人嚇得跳了起來。

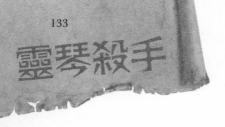

「鏘鏘鏘！」

一連幾下重重的琴音，充滿了前所未有的激烈情緒。

我心驚肉跳，撲上前去！按着靈琴，叫道：「靈琴靈琴，發生了甚麼事?」

靈琴沉默着。

我感到它離開了我的心靈，退縮至某一觸不到摸不着的角落。

一股不祥的感覺狂湧而起。

我舉手看錶，夜光的指針告訴我現在是凌晨二時三十七分。

青思不可能這麼夜還未到。

靈琴！青思發生了甚麼事?

它沉默着。

自跟隨洛馬叔叔後，我便學會等待，那是做一個殺手的基本條件。

但這晚卻完全喪失了等待的能耐，坐立不安直至天明，憂慮煎熬着我的心。

青思始終沒有到來。

靈琴也一直沉默着。

究竟發生了甚麼事？

若換了往日的隱身人，一定會運用手上的所有人力物力，偵查青思的行蹤。但在如今的微妙形勢下，這樣做將影響到我的退隱計劃，所以我只能度秒如年地等待着。

早上十一時正。

新聞報道員在報告完世界性的新聞後道：「昨晚凌晨二時許，著名女畫家青思，在友人別墅舉行的宴會中，突然從三樓露台墮下慘死。據警方初步調查，可能是因注射了過量毒品，失常下發生慘劇……

我全身冰冷起來。

靈琴仍是那樣地沉默着。

青思是不會服食或注射任何毒品的，因為她要趕回來會我。

怒火像熔岩般從心內的底層噴發出來。

冷靜！

洛馬叔叔常說：「沒有生，沒有死，沒有人，沒有自己，才是真正的冷靜。不能冷靜，最應做的事便是躲起來，勝似丟人現眼。」

我緩緩立起來，將全副精神集中在自己的每一下動作上，清楚地注意自己每一個微妙的移動，包括自己的呼吸。

第八章

設計報仇

尊尼約曼的平治車從俱樂部駛出來，轉往右方市區的方向。

霆霆細雨落個不停。由今早開始，直至現在晚上十一時多，像在為青思的死而悲泣。

我卻甚麼感覺也沒有，只有等同麻木的冷靜。

瞄準器的十字線來到車尾的後窗上，在夜視鏡的熒光裏，車後除了尊尼約曼外，左右各有一名保鑣，連司機在內是四個人，可見對隱身人的恐懼，已蔓延往每一個與納帝有關係的人。

房車轉出直路後開始加速。

槍管下移。

十字線凝定在左後輪。

「篤！」

一枝小膠管越過百多碼的空間，刺進輪胎向着車底的內側。

房車一點不覺地繼續開出。

不要小覷這看似簡單的一槍，內中包含了令人結舌的技術和深思。

膠管能否造成輪胎的漏氣，由兩個條件決定。首先刺入的深度要恰到好處，要剛好有一小截留在外面，這代表了距離射程和膠管彈平射力的精確把握，我敢說當今能做到這點的高手，不出十個人。

其次刺進點必須是輪胎側部，否則往地上一壓，膠管露在外面的尾部便會在高熱下溶掉封閉，再不會漏氣。

膠管內部構造是兩邊寬中間窄，所以氣只能逐點漏出來。三十分鐘後司機便會察覺，那時他們將會到達僻靜的雨林區公路上，也是我下手的好地點，儘管他們下車細察，也絕想不到是遭人做了手腳，因為膠管是由特別的物料製造，與空氣摩擦便會輕微溶解，變成與輪胎非常接近的物質，而且在輪胎向車底的部份，尤使人難以察看，天雨路濕，誰會爬進車底審視。

房車消沒在雨夜裏。

我迅速離開古老大屋最下層的大廳，戴上頭盔，披上寬大的雨褸，駕着泊在後街的電單車，風馳電掣般向尊尼約曼的座駕車追去。

靈琴！

我現在又去殺人了，你有甚麼想法？

靈琴一聲不響。

自青思死的剎那開始，它便是那樣。

我毫不計較了，在失去了母親和洛馬叔叔後，我已一無所有，青思的死使我想到沒有人能改變命運，離苦得樂。

隱身人的命運早注定了。

我只能在被殺前盡量殺人。

洛馬叔叔道：「一旦隱身人從藏身處走出來，正面與惡勢力為敵，那他便不是隱身人了，他的末日也來臨了。」

我現在正完全違反了他的勸告，準備大開殺戒，我的死期亦屈指可數。

橫渡連耶和納帝都是國際著名的兇人，公然與他們為敵的人都證實了只能以悲劇作收場。

車頭燈照射下，雨點像成千上萬的水箭，向我射來，路上幾乎沒有別的車輛。

我計算着時間，一踏油門，電單車炮彈般前射。兩旁盡是茂密的林木，也是我計劃下手的地點。

我兩手戴着特製的皮手套，在指節處藏有尖利的合金，是搏擊時的攻堅武器，外衣內左右兩脅和腳上有兩大一小的精良手槍，外袋中還有一柄發射麻醉針的手槍，裝武器的箱子在後座處，所以我雖是一個人，配上我的技術，足可應付一連軍隊。

前方路的一旁，隱見微茫的車尾燈在閃動着。

尊尼約曼的座駕泊在一旁。

我減慢車速，逐漸接近。

房車泊在路的右旁，穿制服的司機冒着雨，在更換洩了氣的左後胎。

尊尼約曼和兩名保鑣留在車裏，門窗緊閉，但我卻估計司機位旁那扇門，應該沒有鎖上。以尊尼約曼的身份，他的座駕若不是能防彈防爆，也沒有人相信。

我保持車速，沒有增減。

這是關鍵的時刻。

車後座有眼珠的反光，顯示他們雖找不到輪胎洩氣的真正原因，但卻依然保持高度的警覺性。

可惜他們的對手是高手中的高手——隱身人。

蹲在地上的司機回過頭來，目光灼灼地望着迫近的我。

雨下得更密了，天地一片迷茫，筆直的公路一輛其他的車子也看不到。

我的電單車不徐不疾地往他們駛去，就像一個小心的駕駛者。

車速不變，一直駛到他們的旁邊。

時候到了。

藉着手按駕駛盤的力道，我整個身體彈了起來，雙腳重重踏在座位上，然後一運腰勁，整個人倒飛而去，「砰」一聲，落在房車的車頂，早從口袋拔出的麻醉槍，已賞了蹲在車尾的司機頸側一針。

在司機倒地前，我的勢子沒有絲毫停頓，從車頂滑落，來到司機位旁的車門，拉開。

尊尼約曼驚愕得張大了肥口。

兩名保鑣同時探手入外衣裏。

第二枝麻醉針，射進最接近我那保鑣的頸側，使他的手再也拿不出來，第三枝針射在另一名保鑣已抽出來的手背上。

槍掉地上，人卻向前仆去。

我向尊尼約曼喝道：「滾出來！」左手抽出把大口徑的手槍，增加威嚇。

尊尼約曼比我想像中冷靜，從闊落的車廂弓身走出來，完全回復了鎮定和自信，使我知道是個不易對付的傢伙。

洛馬叔叔曾說過：「每一個人也有他的弱點，只要能擊中要害，最堅強的人也會變成最聽話的小孩子。」

我關了房車的電源，四周暗黑一片，但卻無損我的視野，因為我的頭盔有夜視的設備，在這條城鎮伸向市郊的路上，這遙長的一段並沒有照明的路燈，這也是我選擇在此處下手的主因。

我將尊尼約曼按在車身，搜起身來，把他藏在外衣裏的手槍掏出來，遠遠丟開。在他衣袖裏臂彎處，還有一把袖珍手槍，只要他的右手回復自由，彎臂一壓，手槍便會在衣袖裏順着小臂滑入他的手心裏，成為殺敵的秘密武器。這設計雖然巧妙，但怎能瞞得過我這類級數的高手。

可是我卻故意裝作搜不到這袖珍小手槍。

讓敵人留下一線希望，會有意想不到的奇效。只要他想到忍辱一時，便有殺我的機會，那他便會假裝合作地向我洩漏一點機密。

尊尼約曼雙手被我用革製的手銬鎖起，高吊在一棵樹的橫椏上，藏在林內的房車離我們只有百多碼。

雨逐漸停下來。

公路上有輛貨櫃車馳過，但卻看不到被我駛進密林裏的房車。

一切都在我的掌握裏。

尊尼約曼沉聲道：「朋友！你想要甚麼？」

我冷冷道：「我會問幾個問題，只要你答得好，我以母親的靈魂擔保，不但不動你一根毛髮，還立即放你走。」我務要他燃起希望之火，使他想到尚藏在臂彎處的武器。

尊尼約曼沉重地呼吸幾下後，道：「問吧！」

我開門見山地道：「誰將那女畫家青思推下樓去？」

尊尼約曼愕了一愕，道：「她注服了嗎啡，神經失……」

我一伸手，揑着他肥肉横生的臉頰，五指一緊，他的口不由自主地張了開來，同一時間我另一隻手拿着的長針，刺進了他的牙肉裏。以他的老到，仍禁不住全身痛得發顫，喉嚨咯咯作響，偏又合不攏嘴，淚水汗水同時流下。

我將針收回。

尊尼約曼不住喘氣，對我的狠辣大感恐懼。

我平靜如昔地道：「再有一句假話，下一針便刺進你的陰囊裏去。只要你乖乖作答，我一定立即放你。」

尊尼約曼道：「我服了，你問吧？只要你肯放我，我甚麼也告訴你。」

他並非那麼易與，只不過在想着那能令他反敗為勝的小手槍。

我將針鋒移往他的下部，使他忍不住打了個寒戰。

更令他驚懼的是我的冷漠無情，不動絲毫情緒的平靜，那比裝腔作勢更使人害怕。

我不斷地向他施壓，同時亦施予希望。

我道：「誰將嗎啡注進她體內？」

尊尼約曼深吸了一口氣道：「是黑手黨！橫渡連耶的家族。」

他也是老江湖，抬黑手黨的招牌來嚇我，同時試探我是否慣在外面行走的人。

我淡淡道：「是夏羅還是沙根？」這兩人都是納帝的得力助手，我在此故意漏出一點，使他知道我並非毫不知情，也使他不敢冒險騙我，何況他還有反敗為勝的機會。

尊尼約曼全身猛震，道：「你怎會知道？」

我冷然道：「夏羅還是沙根？」

尊尼約曼頹然道：「是沙根。」

我沉聲道：「是不是納帝推她下去？」

尊尼約曼怒道：「她的而且確是自己跳下去，我安排了她陪納帝一晚，豈知她忽地毫不識相，嚷着要走，於是納帝在大怒下命人給她注射嗎啡，準備強來。誰想得到她神志迷糊下仍會躍出露台，整件事便是這樣，不關我的事，朋友！可以放我了吧？」

我記起了青思的說話：

「我不會再讓任何男人沾我一根手指。」

她以死亡完成了這承諾。

我解開了尊尼約曼的皮手扣，喝道：「走吧！你的車在那邊，小心不要跌倒。」

雨止雲開，四周可隱約見物。尊尼約曼搓着手，緩緩背轉身，往房車的方向走去，才去數步，停了下來，轉身同時道：「我可以告訴你一個更重要的消息。」

同一時間我手中多了另一把手槍。

「篤！」裝了滅音器的槍嘴輕響。

尊尼約曼整個人向後拋去，「砰」一聲重重摔在濕滑的草地上，這一世他休想再用自己的力量爬起來。

我走了過去。

尊尼約曼一臉血污，兩眼瞪大，露出不能置信的眼色。手上還緊握着那未有機會發射的袖珍手槍。

我將一粒微型的追蹤竊聽器，小心翼翼地裝在他濃密的頭髮裏，才施施然乘電單車離開。

尊尼約曼的屍體將是我釣大魚的魚餌。

大魚就是納帝。

當尊尼約曼的手下回醒時，他們第一個要通知的當然不是警察，而是納帝。

那將是戰爭開始的時刻。

我已準備好一切。

靈琴，我又殺人了。

你會怎麼想？

這世上除了愛外，還有恨。

除了生命外，還有死亡。

凌晨四時二十分。

我的電單車換了我一直泊在古老大屋後街的車子。這旅行車表面看來殘舊破損，但卻只是個騙人的偽裝，它不但性能超卓，還有精密的電子偵察系統，可在三十哩的範圍內收聽到我裝在尊尼約曼頭髮內的超微型電子儀器發出的訊息和聲音。

這旅行車早給我泊在附近的密林裏，使我輕而易舉地遠遠跟蹤着運載尊尼約曼屍體的房車，直達這碼頭旁的貨倉。

那曾將我囚禁的貨倉。

這必是橫渡連耶家族一個重要的巢穴，亦可能是個毒品的轉運站。

我的車這時停在岸旁。一邊是滿佈大小船隻的海港，另一邊便是通往貨倉的道路。路的兩旁泊滿車輛，而我只是毫不起眼的其中一輛。

座位下有巧妙的暗格，藏有各式各樣的裝備，除了避彈衣，性能優良的工具和武器外，還有一套潛水的裝置、小型可供短暫飛行的火箭推動器、防毒面罩，甚至有一個降落傘。

洛馬叔叔常訓誨道：「一些看來完全派不上用場的東西，可以在完全意想不到的時刻，救你一命。」

海水打上岸旁，發出沙沙的聲音。

我冷靜得有若岩石般在等待着，等待獵物的來臨，遠處傳來車聲。

我伏在座位裏，豎起個類似潛望鏡但卻有紅外光夜視設備的望遠鏡，察看着駛來的車子。

四架房車和一輛輕型貨車，由遠而近，往貨倉正門駛去，在寂靜無人的碼頭區，引擎的聲音份外使人感到不尋常。

五輛車內共坐了十六人，納帝坐在第三輛車上，我並不會魯莽得在這時刺殺納帝，我早有資料顯示納帝和橫渡連耶都是從不肯坐進沒有防彈設備的車子內。

我閃出車外，在附近電話亭打了個電話。

當我閃回車內時，五輛車全部駛入了大貨倉裏。

我並沒有強攻入貨倉內的打算，那只是以己之短攻敵人之長，何況在佔地萬呎的貨倉內刺殺被十多名好手保護着的納帝，又怎會是智者所為？

從暗格取出潛水的裝備，迅速穿上，同時將看來是收音機的蓋子向橫推開，露出精緻的電子讀數板和接聽器。

接聽器傳來沙沙的聲音，跟着是密集的腳步聲，當步聲停下時，響起了十多人的呼吸聲。

尊尼約曼髮內密藏的電子追蹤收聽器，一點不漏地將它周圍十公尺內的聲音，在車內這接聽器轉傳到我耳內。

一把冷若冰霜的男聲道：「怎會這樣的？」此人極可能是納帝。

另一男聲恭謹地將事發情形簡單扼要地敍述了一次。

納帝道：「找到車胎漏氣的原因沒有？」

另一人道：「就是這東西。」

一陣沉默後。

納帝道：「沙根，你看看！」現在我已肯定這人是納帝了。

不一會，沙根道：「這是非常高明的手法，即使人一時間難以覺察漏氣的原因，又能控制漏氣的時間，膠管中間的漏氣孔是可以調校大小的。」這是個精明的人，難怪納帝會倚之為左右手。

納帝道：「夏羅！你認為是誰幹的？」

夏羅道：「這樣周詳的計劃，這樣驚人的好身手，除了隱身人，誰能做到？但隱身人並沒有殺他的理由。」

納帝冷冷道：「他的目標並不是尊，而是我。只在尊想憑藏在臂彎的袖珍手槍反抗時，才遭他殺死。」

早先作聲的男子道：「老闆手腕處有瘀痕，滿口鮮血，顯曾遭嚴刑逼供，隱身人究竟想知道甚麼？」稱尊尼約曼為老闆，當然是他的直屬手下，極可能是兩個保鑣的其中之一。

納帝道：「他的目標是我，但假若要從尊的口中套取我的行蹤，只怕他會失望，連這座貨倉尊也不知道呢。」

沙根道：「隱身人究竟在哪裏？」眾人一陣沉默，氣氛拉得很緊。

急劇的腳步聲響起。

一個氣急敗壞的聲音道：「警方的線眼有電話來，大批掃毒組的人員正來此途中。」

納帝道：「立即移走所有貨物，從快艇撤走。」

那人道：「來不及了，我們的線眼得到消息時，掃毒組已出動了二十分鐘，若不是掃毒組通知水警封鎖海港，消息還不會漏出來，估計告密的電話是直接打給禁毒專員的，才能如此保密。」

我嘴角含笑，這當然是我的傑作，當納帝被押出來時，就是他畢命的時刻，沒有活靶可避過我準確如神的槍法，然後區區會從海裏遁走，想不到吧，殺害青思的兇手。

四周人影閃動，掃毒組的精銳全部出動，佈下天羅地網，往貨倉掩去。我剛才那個電話，只是一連串與禁毒專員聯繫的其中一個，為了取得他的信任，我昨天便讓他破獲了另一個毒梟的製毒工場，我手上掌握的龐大資料庫，使我輕易地做到最可靠的線人。

納帝的聲音從接聽器傳來，依然是那麼鎮定，道：「立即棄倉，我們從水道逃走，尊！我一定會為你報仇，橫渡連耶家族是不會讓殺了你和辛那的兇手逍遙自在的。」

辛那是橫渡連耶的兒子，也是我手下的亡魂。

腳步聲遠去。我關掉收聽器，推上偽裝收音機的外殼，心內震駭莫名。

我千算萬算，還是算漏了毒梟千奇百怪的逃走門道，納帝將像我現在那樣，穿上潛水裝備，由水道潛往海港裏，再由碼頭另一角某一條秘密水道，返回陸上，施施然逃走。

我嘆了一口氣，從暗格取出能發射十二枝小型魚叉的水底攻擊槍，在腰間綁上鋒利的鋸齒刀和鉛塊，輕輕推開車門，跳進海水裏。

冰涼的海水使我精神一振。

我的面罩有着特別的聚光視鏡設備，能將水底裏的微光放大至二十倍，饒是這樣，水底仍是個污朦朦的世界，其中一個原因是污染太厲害了。

我沿着岸邊往貨倉游去，假設今晚不能殺死納帝，可能永遠也沒有殺死他的機會了。

而我首先要找到他們水道的出口，其次還要從十多個全身潛水裝的人裏將納帝認出來，有可能做到嗎？

而當我殺死第一個人後，我也由暗轉明，不能再隱身了。

我有一種赴難送死的感覺。

海水污濁不堪，水底滿佈沉積物，以我的裝備，能見度亦不出三十呎，此外就是一片暗黑，很快我便迷失了，不知是否已抵達貨倉的位置。唯一方法是冒上水面，不過那將是很大的冒險，水警一定以夜視裝置，密切注視貨倉附近海域的一切活動。

我小心地潛游着，現在我對能否找到他們的信心也失去了。

腰間的鉛塊助我在水底潛游着，不要小覷這些使人下墜的重物，因為潛水衣是由有氣泡的合成橡膠製成，有很大的浮力，沒有在腰間纏上鉛錘，要保持遠離水面是非常吃力的一回事，而且為了防止納帝等先發現我，我必須保持在更低的深度，以收奇襲之效。

甚麼也沒有。失望的情緒填滿我的胸臆間。

難道就這麼放棄？

第九章 水底行刑

「叮咚！」

若不是在水底，我肯定自己失聲驚叫，在多日的沉默後，靈琴終於作聲了，一陣溫暖湧入我孤獨冰冷的心裏。

水底對琴音一點影響也沒有，那是一種心靈間的傳遞。

「鏘鏘鏘！」

琴音透着警告的意味。

一幅清楚的圖畫突然出現在腦際，在一副闊約七呎的水底推進器引領下，二十多人一個拉一個，像一條長長的人鏈從身後迫近。

我大吃一驚，往海底潛下去。

剛抓緊海底的一堆廢鐵，推進器恰好來到頭頂十多呎的高處，直接握着潛水器的有五個人，接着是四個，三個，總數達二十一人，每個人都戴上聚光鏡，手上拿着魚槍。

這種專打大魚的魚槍，能發射壓縮空氣的子彈，連鯊魚也可打死，比對起我手上的魚叉槍，就像自動武器和弓箭的分別。

納帝等一定是常利用海底運毒，才有這麼齊全和精良的水中設備。

我心中叫道：「靈琴靈琴！告訴我誰是納帝，誰是殺死青思的兇手？」

一大串蛙人在我頭頂逐一經過，我揚起魚叉槍，準備射進其中一人的體內。

我感到靈琴在說：「你會被殺死的。」

我焦急地在心內叫道：「我早已準備被殺，只要能殺死納帝，其他一切我都不計較。」

殺了納帝後，其他的二十枝魚槍便會向我發射，即使我能躲過第一輪的追擊，也逃不過比人類游速快上十倍的推進器的追殺。

納帝等人迅快經過。

靈琴仍然沉默着。

我一咬牙，解掉纏腰的鉛錘，往上升去，手指一緊，第一枝魚叉射出，直射最後一人的腹部。

戰幕終於拉開。

「篤！」

魚叉沒進最後一個蛙人的腹內，他像蝦般彎曲起來，鮮血湧出，手一鬆，往後翻滾，魚槍掉下。

我一把接過魚槍，升上他的位置。

被他拉着足踝的蛙人正要轉頭向後望來，我已一把抓着他的足踝。

他略望我一眼，又回過頭去，幸好我穿的潛水衣也是和他們般同屬黑色，將他瞞過去了。

我成為了他們的一員，同在水底快速推進着。

靈琴！誰是納帝？這窮兇極惡的罪犯。

「叮咚！」

琴聲再次打破沉默，在我耳內響起。

靈琴的心靈與我結合起來，我感到心靈在延伸着，由被我抓着足踝那人開始，從一個個的心靈擴展過去，這是前所未有的奇異感覺，更勝於靈琴在我腦中顯示出圖像。

在經過了多時的思索下，靈琴終於站在我的一方，合力去對付殺害青思的兇手。

我感到前面這群橫行作惡的兇徒們的心靈在震駭、不安和恐懼，我一連串的雷霆手段使他們信心大失。

最後我的思感來到拉着推進器左方第二人的身上。

他就是納帝。

他的心中充滿了怒火，同時亦夾雜着懼怕和擔憂，貨倉裏留下的大批毒品將會使橫渡連耶對他的信任大打折扣，當然成為隱身人的追殺目標也大不是滋味。

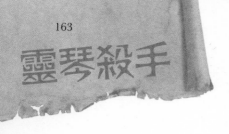

我的思感從他移往中間控制推進器的人，心想若能使這人失常剎那，便有機會打亂整個隊形，製造刺殺納帝的機會。

這個思想才興起，與靈琴結合後的心靈力量，像一道小溪變成了急流，刺進控制着推進器那人的神經裏。

雖然實際上我並不能看到甚麼，但腦裏卻清楚浮現出一切正在發生的事。靈琴以它無可比擬遠超於人類的靈覺，助我把握到每個人的情形，它不能實質地傷害人類，但卻能影響人類的腦神經。

我清楚地「看」到那控制推進器的人，像給人以利針刺入最敏感的部位那樣，全身一震，頭往上痛苦萬分地仰起，兩手痙攣地抓緊及收縮。

本來為了減低發出聲響，推進器被控制在非常低的速度，但當控制推進器的人手一緊，立即由低速狂升往最高速。

「隆隆隆！」

推進器的響聲打破了水底的寧靜，一大團白氣泡從推進器的尾部噴出，將緊拉着它的人吞噬。

同時間推進器像脫韁的野馬般，頭部往上一仰，箭般往水面衝奔而去。

納帝等人大驚失色。

水面上是巡邏的水警，這一來可完全地將他們的秘密行藏暴露出來。眾人紛紛鬆手。

海底佈滿氣泡，不能見物。

但我與靈琴的觸感結合後的靈覺，卻能以「心靈之眼」，清楚地把握每一個人的位置和動作。

我鬆開了抓着那人的腳踝，迅速朝被吞沒在氣泡裏的納帝游弋而去。

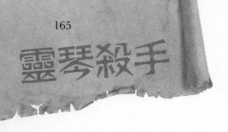

「蓬！」

推進器衝出海面。

控制推進器那人是唯一沒有鬆手的，他被推進器帶得衝出了海面。我在氣泡裏左穿右插，避過其他自顧不暇的人，愈來愈接近納帝。

納帝游離了氣泡的範圍，往岸邊暗黑處游去，現在他們每個人想到的都是逃命。

我手中的魚槍揚起。

納帝的速度很快，但我的體能比他更優勝，瞬間追至他身後十多碼處，只要再接近三至四碼，就是他的死期了。

其他人迅速游來，緊鍥在我的身後，但我已決定不理，只要殺死納帝，其他一切我甚麼也不管，包括自己的生命。

青思！

為你報仇的時間到了。

「突突突……」

水面上，自動武器的聲音響起。

回頭一望，就在邇近推進器的位置，一團鮮紅像雲霞般化開，強烈的射燈直透下來。

眾人拚命地游。

但沒有人能比我游得更快。

水警輪的引擎「隆隆」聲在我們頭頂附近的水面上激響着，射燈掠過的地方清晰分明，所有物體難以遁形。

當燈光掃向我時，我禁不住嘆了一口氣，急急往下潛去，否則在殺納帝前，我會先他一步去向閻王爺報到。

納帝消失在聚光視鏡所及的範圍以外的黑暗水域裏。

「叮咚！」

琴聲再響。

在靈琴的幫助下，我的思感往水裏的前方延伸開去，很快我又追上死命逃走的納帝，他正游往貼近海底處岸旁一個黑幽幽的水道入口，不問可知那是通往陸上的秘道，出口位置可能是另一座貨倉，也可能是任何形式的偽裝建築物。

眼看我追不上他。

心內狂叫道：「靈琴，阻止他！」

只「見」納帝忽地全身一震，偏離了正確的軌跡，往水道入口的右方游去。

我心內狂喜，知道靈琴令他產生了幻覺，豈敢拖延，忙往水道入口搶去，不一會已游近入口處。

入口裏黑漆一團，也不知是甚麼光景。

納帝回身游來。

我迎着他游過去。

我們迅速接近着。

原本跟在我後方游往入口的其他納帝手下，變成在我左後側十多碼外。昏暗的海水裏，納帝往我望來。

水警輪巡往遠處，射光逐漸縮小。

我手中的魚槍揚起。

幾乎同一時間納帝生出警覺，亦魚槍前指。

但他已遲了一步。

「篤」！

壓縮空氣的子彈帶起一道長長的美麗水箭，由魚槍的槍管開始，筆直橫過我和納帝間十來呎的距離，閃電般延伸至納帝的面門，刺穿了潛水鏡，貫腦而入。

鮮血像一朵花般驀地盛放。

納帝身子不自然地扭曲翻滾，兩手無意識地亂抓，但卻再抓不住正在溜走的生命。

我大力踢動蛙鞋，往他右側游去，以他的身體阻擋敵人的反擊。

左肩一陣劇痛。

中了一槍。

這時已來到了納帝的右側處。

納帝往下沉去。

吸氧氣的喉管給他自己的手扯斷了，大量氣泡從他口中噴出來，對我隱蔽身形大為有利。

扭頭側望，敵人正如狼似虎地撲來。

我往下潛去。

「軋軋軋！」

水警輪又朝我們的方向駛至。

我潛往貼岸處，再沿岸游去。

強烈的射燈直透水內。

我拼盡全力游往遠處。

追兵隊形散亂，為了躲避射燈，都捨我而逃進水道去。

我終於為可憐的青思報了血海深仇。

不知游了多久，身體出奇地虛弱，暈眩一陣接一陣襲擊着我的神經，大量失血使我再不能支持下去，只是求生的本能在強撐着。

「叮咚！」

清脆的琴音在我耳邊響起。

靈琴在撫慰着我疲弱的心靈。

對生命我已一無所戀，青思死了，一切也完了，不如讓我就如此地游着，直至失血而死！我對人世間的仇恨爭殺已感到前所未有的厭倦，悲歡離合，是生命的重擔，現在我只想把重擔拋開。

由母親的死亡至青思的死亡，使我看到生命只是場沒有意義的短暫噩夢。

愈來愈冷。

我的神經像浸在冰封的海底裏。

每天我也在等待死亡的眷寵，但卻從未像這刻般感到祂是如此地接近。

「叮叮咚咚！」

天地間只剩下靈琴和死亡。

「鏘鏘鏘！」

激烈的琴音使我驚醒過來。

一曲美麗的琴音流過我的聽覺神經，靈琴鼓勵着我的生存意慾。

一幅一幅美麗淒艷的畫像此起彼落地隨着琴音浮現變動。

暴雨狂打着茂密的原始森林，一隻孤獨的猛虎，仰頭迎接着打下的雨箭，樹搖葉動，勃發着自然不可抗禦的巨大力量。

我記起了洛馬叔叔曾說過的話。

「自殺只是向生命低頭。生命的責任便是繼續活下去。」

是的！

我還有責任。

我曾答應將靈琴送回它根肉相連的大地處，它的故鄉去。我可以死，但卻不可做輕信寡諾的人。

嘆了一口氣，往水面升去。

我在遙遙與納帝藏毒貨倉相望的岸邊登陸。

早晨終於來臨，在經歷了漫長的一夜後。

脫掉潛水衣，露出裏面乾爽的衣服，但肩頭早濕透了血和海水。

我腳步踉蹌來到岸邊路上一輛車旁，從袋中拿出開鎖的工具，當我坐進車內時，終於支持不住，昏迷了過去。

也不知昏迷了多久。

四周一些聲音將我驚醒過來。

睜眼一望，一顆心幾乎跳出了口腔。

車窗外全是警察。

其中兩個剛好探頭望入我的車內。

完了。

豈知那兩名警察竟是視而不見，走了開去。

心中一陣感激，我知道又是靈琴在幫助我，隱身人並不是隻影形單的，他有最好的夥伴。

「叮咚！」

靈琴在我耳邊奏着歡樂的調子，回應着我對它的友情和深愛。

碼頭回復晨早的熱鬧，船隻在海上駛動着，起重機的聲音在遠近響着。

肩頭的血已與衣服結成深黑的大硬塊，精神好了一點，我輕易將這偷來的汽車發動，緩緩駛出，快要進入公路時，前頭的車輛慢了下來，原來警方在前面架起了臨時的路障，檢查每一輛經過的汽車。

靈琴！你可以助我過關嗎？

琴音響起。

調子輕鬆愉快，它在告訴我這是輕而易舉的事。

二十分鐘後，終於輪到了我。

我降下玻璃窗。

一名探員俯到窗前，望進來，卻睜目如盲地看不見我肩頭的血污，道：「車牌和開啟車尾箱的鎖匙！」麻煩來了。

我那有車尾箱的鎖匙。

「トトト！」

遠處傳來密集的槍聲和自動武器驟雨般的響聲。

那探員呆了一呆，站直了身體。

槍聲不停。

琴聲邀功般在我耳邊奏起，似欲告訴我它已在巧妙地引領警方去追捕漏網的納帝手下。

那警員再俯下頭，喝道：「沒事了，快開出。」

我暗叫了聲謝天謝地，直駛出公路，往南駛回古老大屋。

來到一個十字路口。

靈琴「鏘鏘鏘」幾下急響。

心中湧起強烈往右轉的慾望。

靈琴靈琴，你想我到哪裏去？

琴聲連響，催促着我往右轉去。

靈琴你難道不知我受了傷嗎？現在最急需的是回家治療傷勢。

靈琴頑強地堅持着。

嘆了一口氣，往右轉去。

林木在兩旁伸展着，我迎着打開的窗子，深吸了兩口清新的涼風，吸進了林木的氣息，精神一振。

靈琴你究竟想我往哪裏去？我傷疲的身體只想再睡一覺。

車子在平坦的公路上疾馳，不一會熟悉的建築群在左前方出現。

我「噢！」一聲叫了起來。

那是莎若雅就讀的大學，靈琴要我來找她。

車子在那天和莎若雅分手的噴水池旁停下來。

校園內只有幾個學生，時間畢竟還早，我仰臥椅上，閉目養神，一陣陣強烈的痛楚，從肩傷處傳來。

不一會我再次昏睡過去。

第十章

歸隱田園

「咯咯咯！」

一陣敲窗聲響使我驚醒過來。

一張掛着擔憂和憐愛的俏臉在車窗外望着我。

莎若雅！

你來了，靈琴指引你來了。

我心中流過一道暖流。

「你為甚麼弄成這個樣子，看你的肩頭，全是血污。」

一陣虛弱下，我幾乎再次暈過去。

莎若雅打開車門，扶我坐到司機位旁的位置，自己坐上了司機位，急道：「車匙在哪裏？」

我微微一笑，接通了發動引擎的線路。

車子開出。

十五分鐘後，我們在一所獨立的小平房前停下。

莎若雅道：「我在這裏租了間小房，幸好老年夫婦的屋主去了中東旅行，否則見到你這樣子，不報警才怪。這車子也是偷來的，是嗎？」

我微微一笑道：「你是否想請我入去坐一會？」

莎若雅眼中充滿憂慮，皺眉道：「這時候還要說笑，你可以走路嗎？」

我道：「可以！但要借你的肩頭一用。」

在莎若雅攙扶下，終於躺在她的床上，幾乎同一時間，我再昏迷過去。

醒來時，夜正深沉。

雅潔的室內，一盞孤燈照亮了窄小的一角，莎若雅坐在地上，靠着床沿睡得正酣，我身上只剩下一條內褲，肩頭纏滿繃帶紗布，藥物的氣味傳入鼻內。

四周寧靜得落針可聞。

我略略挪動手臂，莎若雅立時驚醒過來。

她滿臉喜慰地道：「噢！你醒來了。」

我們間的芥蒂一掃而空。

她爬了起來，愛憐地扶我挨着柔軟的枕頭倚坐床上，我便像件最珍貴的易碎薄瓷器。

我問道：「你有沒有聽新聞報告？」

她以低不可聞的語聲道：「我不敢！」

我非常明白她的心情，因為假若新聞裏說我是個殺人犯，又或劫匪，她怎能面對那事實。

我笑道：「不用怕，你會聽到警方掃毒組人員破獲了大毒窟，同時擒獲大批毒梟的好消息。」

她顫了一顫，輕聲道：「你……你是漏網的毒梟嗎？」

我裝作微怒道：「你竟會那麼想，我不但不是毒梟，還是使毒梟落網的人，肩上那一槍，就是毒梟頭子送給我的答謝禮物。」

莎若雅抬起頭來，眼中射出驚喜的神色，道：「對不起！我早知你不是那種人，但那偷來的車……」

我道：「我最怕和警察打交道，因為警察裏有毒梟的線人，若讓他們知道是我提供毒梟的資料，我便非常危險了，所以我才不得不偷車逃離現場。」

莎若雅擔心地道：「這是很危險的職業呀。」

我安慰道：「放心吧！我只是業餘的警方線人，真正的職業是旅遊各地的小說作家。」

莎若雅興奮起來，叫道：「我一定要拜讀你的大作。」接着道：「你真幸運，子彈由背肌射入，再由前肩穿出來，我給你消了毒，傷勢並不嚴重，問題只是你曾大量失血，看來你要乖乖的在這裏休息一段日子。」

我驚異地道：「你倒在行得很。」

莎若雅挺起脊背，故作自負地道：「當然，我曾讀過一年醫學院。」

我接着道：「不過後來卻棄醫從樂，是的，我一定要聽你彈琴。」

莎若雅嘆了一口氣道：「可惜我這裏沒有琴，應付學校的開支已非常吃力，或者待你痊癒後，到音樂院來聽我彈琴吧，下星期便是我的畢業演奏會，我要你坐第一排。」

我微笑道：「不惱怒我了？」

莎若雅纖巧的鼻子皺了起來，故作惱怒地道：「恨你，恨你，恨你是魔鬼，竟然那樣待人家，人家又沒有開罪你。」

我抓起她柔軟的手，輕聲道：「對不起！」

她呆了一呆，深深望我一眼，然後垂下眼光，連耳根也羞紅了。

靈琴你是否在一旁看着，通過我，你是否感到眼前清純得像一朵白蓮的女孩的可愛可喜和可親？為了青思，你破例和我聯手殺死了兇手，你會後悔嗎？

琴音低鳴，奏着優美而不知名的調子，若微風拂拭着荒原上的柔草。

莎若雅道：「你在想甚麼？」

我心內一片溫柔，道：「你消瘦了。」

莎若雅垂頭道：「是魔鬼弄成我這樣子的。」

這句話表面像在怪責我，但卻滿蘊情意。

我或者是這世上最幸運的人，同一時間擁有兩段愛情，擁有兩個全世界。一個以死亡結束，另一個卻因死亡而開展。在我以為一無所有時，全新的天地卻在等待我闖進去。

靈琴，我衷心對你感激，你改變了我的命運。

我將莎若雅纖弱修長的身體以未受傷的手摟入懷裏，在她耳邊道：「讓魔鬼擁抱你。」

莎若雅一陣顫抖，兩手穿過我赤裸的腰，緊摟着我，灼熱從她的手心流入我的體內，青思死後的空虛忽地被填得滿滿的。

她離開我的懷抱，輕盈地走到房角，將唯一發出光亮的枱燈關掉。

房間被黑暗吞噬。

好一會窗外的微弱月色開始逐分地透進來。

莎若雅站在窗前，顯現出美麗的體形，她的一舉一動，都帶着音樂感的美態。

「窸窸窣窣！」

她兩手交叉拿住過頭冷衫的下緣，拉起從頭上脫了出來。

我看到她乳房美麗的輪廓。

接着她脫下了牛仔褲，轉過身來，臉向着我。

女體優美的線條在窗外透進來的月光襯托下，表露無遺。

世界停止了轉動。

她緩步移到床前，鑽入了我的被裏，一團火熱也鑽入了我的懷裏。

她在我耳邊道：「今晚你活動的範圍只准在腰以上，一切等你痊癒後才可以。明白嗎？魔鬼大爺。」

我感動地道：「小寶貝，為何對我那樣好？」

莎若雅在我撫摸她纖腰以上所有區域的魔手下呻吟着道：「不要忘記你是我的救命恩人。」

我故作嗔怒地道：「如果你只為了報恩，我……」

她用小嘴封着了我的說話，熱烈的吻在進行着，生命的濃烈達到所能攀登的最高峰。

她喘着氣道：「你是能將所有良家婦女勾引的魔鬼。有些男人也生得很好看，但接觸多一次半次後，便會使人索然無味，而你卻是個最浪漫、最無情也是最悲傷的浪子，我第一眼看到你便想起私奔和遠走海角天涯的浪漫。」

我默然不語。

是的，由母親死去那天開始，我便變成浪子，在生命的旅途上流離浪蕩。

直至最近，遇上靈琴、青思、和現在擁在懷裏近乎全裸的莎若雅。

有一天，我和莎若雅也會死去，生命究竟算是甚麼？是否只是要在忘記死亡下等待死亡？是否只是另一場夢？

那晚我做了一個夢，夢見自己正在發夢。

翌日我醒來時，莎若雅不知去向，空餘一懷的幽香。

爬起床來，體力恢復了大半，肩傷處的痛楚大為減弱，遠勝常人的體質使我飛快地康復，我心神轉到靈琴處，它整夜默不作聲，不知又在轉着甚麼念頭？

「叮咚！」

靈琴以美妙的琴音回答着我。

我心中微笑道：「老朋友！你好嗎？」

「叮叮咚咚！」

然後沉寂下去。

我扭開了收音機，在對着窗子的安樂椅坐了下來，不用想明天要做甚麼的感覺竟是如此地令人閒適輕鬆。

外面的天氣甚佳，陽光下綠色的植物閃閃發亮。

到了靈琴的故鄉，我也要揀個幽靜的地方，陪着靈琴安度餘生。

靈琴又叮叮咚咚地響着，充滿對故鄉的孺慕。

收音機響起新聞報道：

「繼警方破獲了有史以來最大宗的藏毒案後，昨晚在附近的碼頭旁再發現一具男屍，有明顯的傷痕，據警方的公關主任說：死者極可能是名列國際十大被緝捕恐怖分子的其中一人，但仍有待證實，與該案有關被捕的二十人裏，至今晨六時二十分，已有三人傷重死亡，其他全被還押，不准保釋。」

我關掉收音機，舒了一口氣。

青思，你也應該安息了。人說時間可療治一切，但我卻知道你的死亡對我造成的創傷，是永遠不會痊癒的。

「鏘鏘鏘！」

我整個人從沉思裏扎醒過來。

還未來得及詢問，靈琴的心靈已與我緊密地結合在一起，強大的精神力量在旋轉着，周圍的環境變成奇異變化的色光。

與靈琴結合後的心靈，越過遼闊的空間，肉體消失，變成純精神的存在。

這並不是第一次，但卻從沒有像這次的緊密和強大，靈琴你究竟要帶我的精神到哪裏去？

當我可以再重新見物時，我發覺自己正在一個豪華大廳的高空處，俯視着廳中近三十名大漢。

除了坐在一端的約五十來歲的老者外，其他人都肅穆地站着。

我定「睛」一看，登時心中一震，知道了靈琴帶我到這裏所為何事。那坐着的老者面相威嚴，身材高大，一對眼閃閃發亮，正是名震國際，能隻手遮天的橫渡連耶，他的獨生子和最得力的助手都是死在我手上。在站着的大漢裏我還認出出賣我的叛徒老積克和黑山，他們血紅着眼，臉色蒼白，顯然多日未睡。背叛隱身人的滋味當然不是好受的。

一名大漢氣沖沖地步入廳內，眾人的視線立時被吸引到他的身上。

橫渡連耶沉聲道：「山那，有沒有新的發展？」

我在腦裏的資料庫搜索，很快便知道山那是誰，他是除納帝外，橫渡連耶另一得力下屬，以智計多端稱雄黑道。

山那在廳心站定，道：「我已通知了所有與我們有關係的會社，要他們提供在這附近所有城鎮的可疑人物，在分析了接近一千份報告後，我找到了一條非常重要的線索。」

我呆了一呆，以我行事的周密，他又怎能找到任何線索。

眾人都露出興奮的神情。

山那在眾人的期待下，續道：「白遜手下有三名兒郎，日前曾看中了一間小型超級市場負責收銀的年輕女子，當他們晚上前去準備霸王硬上弓時，卻給一名男子撞破了好事。」

我心神大震，山那也算神通廣大，竟然連這看來全無關係的事也給他跟尋出來。同時也明白靈琴為何主動將我帶來這裏，因為它再也不容許惡行發生在純美的莎若雅身上。

我心中殺機大盛，橫渡連耶將是我下一個目標，只有那樣才可一了百了。納帝已死，橫渡連耶若再被殺，他的罪惡王國將四分五裂，尤其他連獨生子也早被我幹掉。

山那道：「那人以非常老練的手法，空手奪去他們的槍和制服了他們，但這還不是令我最奇怪的地方，最奇怪的是那人竟放走他們，沒有報警。」

橫渡連耶道：「道理很簡單，因為他正是見不得光的隱身人，那超級市場在哪裏？」

山那道：「離開冒險者俱樂部只有七分鐘的車程。」

眾兇徒一陣騷動。

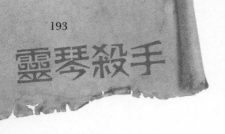

另一人道：「但我們曾查遍了冒險者俱樂部附近大大小小的旅館，卻完全找不到形跡可疑的人，除了冒險者俱樂部對面新搬來的作家，但事實證明了他不是隱身人。」

山那道：「白遜的兒郎翌日下午重回鎮上，查遍了酒店旅館也找不到那人，連那超市的少女也沒有再在那裏工作了，所以認定他只是路過，便放棄追尋下去。」

橫渡連耶悶哼一聲，道：「若是這麼容易找到，隱身人也可以改名了。但誰又有那麼好的身手？況且時間地點這麼吻合……」

山那道：「有關那人的樣貌，將由專人根據白遜的兒郎所描述作出電腦繪圖，可恨的是白遜那三個兒郎都說事情發生得太快了，那人又翻起大衣衣領，戴着黑眼鏡，所以不大看得清他的樣貌，使得每人的描述都不一樣……」

橫渡連耶一拍椅子扶手，怒哼道：「蠢蛋！」

山那道：「但我已設法找尋那超市的年輕女子，她將會提供我們更完整的線索。」

我心中流過強烈的憤怒，青思已死了，沒有人再可從我手裏奪走莎若雅。

橫渡連耶扭頭望向老積克和黑山道：「兩位朋友，你們和我們現在正共乘一條船，隱身人從來都是有仇必報的，你們有甚麼看法？」

黑山搖搖頭，沒有作聲。

老積克臉上發青，嘴唇輕顫道：「二十三年前開始，我便為第一代隱身人作聯絡人，從未起過背叛之心，若非我女兒落到你們手上，我是絕不會出賣他的，現在所有事已不再受我控制，你放了我女兒吧！我再沒有被利用的價值了。」

橫渡連耶陰險一笑道：「你是我的朋友，怎可以臨陣退縮，放了你女兒，哪知你會否反過頭來，告訴隱身人有關我們的一切呢。」

老積克咬牙道：「放了我女兒，殺了我吧！」

橫渡連耶柔聲道：「我怎捨得將朋友放進絞肉機裏，做人肉醬餵狗。」

老積克全身顫震，好死不如惡活，何況是這種死法。

老積克，我已原諒了你。

黑山踏前一步道：「連耶先生，不如就這樣收手吧，隱身人的目標只是納帝，他從不殺目標以外的人。」

橫渡連耶從椅子跳了起來，以絕不相稱於他年紀的敏捷，撲到黑山身前，一掌刮在他臉上。

「啪」！

黑山臉上現出一個鮮紅的掌印，捧着臉不敢稍動，但眼中卻閃過一瞬的暴烈怒火。

橫渡連耶坐回椅內。

半晌，橫渡連耶回復冷靜，一字一字地道：「記着！我要你們所有人記着，誰勸我收手不對付隱身人，我便幹掉他。」

眾人噤若寒蟬，盛怒下的橫渡連耶是沒有人敢惹的。

橫渡連耶忽地又笑了起來，道：「隱身人，我還是低估了你，你我都是黑道史上罕有的天才，可惜你我中只有一個人能活下去，那就是我。」

我心中暗嘆一口氣，若非靈琴，他所說的會成為事實。

橫渡連耶向山那道：「我直覺白遜兒郎遇到的那人便是隱身人，我要你不惜何種手法，務要找到那女子，再從她身上把隱身人挖出來……」

我感到靈琴的力量在擴張，不一會天地再次旋轉起來，剎那後我發覺已重回正對窗而坐的身體內，就像發了一場夢。

窗外的路上莎若雅正踩着單車回來。

對不起！莎若雅，恐怕你不能參加下星期的畢業音樂會了。

莎若雅興沖沖推門進來，對着我吐了吐鮮紅的小舌頭，叫道：「嚇死我了，我將你的賊贓駛走時，遇到一輛警車，幸好他們沒有截停我。」

「看！這是你的早餐，今天我會全日陪你，天使有時也要陪伴魔鬼的，是嗎！」

她停了下來，有點惶惑地看着我，道：「你的臉色為何那樣難看，是否傷口有問題？」

我嘆了一口氣，開始一五一十向她説出整件事，只有得到她完全的了解和合作，我們才有希望避過大難。

一小時後，我和她回到古老大屋裏。

這反而是最安全的地方，我曾想過立即和她遠走高飛，但那只是自殺行為，每一個交通點，每一間旅館酒店，都滿佈了横渡連耶或與之有關係的人。莎若雅出奇地順從，她已準備為我犧牲一切，只希望不包括她的音樂會在內。

我將她帶到閣樓，當她看到靈琴時，露出一臉不能相信的神色。

我微笑道：「你好好地在這裏練琴，準備下星期的演奏會。」

莎若雅歡呼一聲，坐在琴椅上，掀開了琴蓋，喜不自勝，望向我道：「怎會是這樣的？」

我淡淡道：「給我休息兩天，三天後我會將一切問題很快解決，這世界將回復美麗。」

莎若雅又像蝴蝶般飄過來，投入我懷裏。深情地道：「不要說幾天，就算一輩子我也願意給你。」

接着的兩天，我拋開一切，全心全意地休息，靈琴不時為我帶來橫渡連耶的動態，他們找到了莎若雅的住處，到過莎若雅的音樂學院，但得到的答案都是一樣，莎若雅已因母病回家，但一定會在畢業音樂會前趕回來。這是我佈下巧妙的一着，要他們絲毫不起疑心，只知要耐心等待。

三天後我完全康復過來，可以再拿起多年來血肉相連的槍械。

我先到那碼頭取回我泊在那裏的車，車內有我需要的一切裝備。與靈琴結合時的靈覺，使我變成全知的上帝。

靈琴代替了我的聯絡人和線眼，使我發揮出全部的智慧和力量。

午後三時正。

我將車泊在橫渡連耶的臨時秘密巢穴外，目標是山那，目前連耶家族最得力的大將。閘門大開，一輛坐滿了大漢的房車駛出。

同一時間我手中的自動武器轟然爆響。

房車的前窗沙石般碎下，鮮血四濺。

車子失去控制，直飆出馬路，撞在一輛泊在路旁的大貨車上，打了個筋斗，變成四輪朝天，我離開時，車輪還在轉動，車身沒有一個地方沒有彈孔。

這只是戰爭的開始。

我要製造恐慌，將横渡連耶迫出他保安森嚴的臨時巢穴，殺死山那，就像拔掉了他一隻鋒利的牙。當他變成沒牙的老虎時，他的死期也到了。

爆炸發生後不久，當街上還未塞滿救傷車和警車時，一隊車隊從臨時巢穴的後門倉皇離去。車窗都落下了輕紗，使人難知內裏玄虛。

我搖身一變成為一位交通警，騎着電單車鍥着車隊尾巴追上去。

我將五輛車最後的一輛截停，示意司機駛停在避車處。

司機降下玻璃窗。

我經過化妝的臉硬繃繃地道：「這是市區，你知道車速是不可以超過五十哩的嗎？」

除坐在車尾的另一大漢外車內五個人全瞪着我，還有老積克和黑山。

司機有好氣沒好氣地道：「要抄牌便快抄吧！我們還有重要事做。」

我慢條斯理地探手入袋，但再拔出來時卻迅如閃電，配合着的是另一隻手從腰袋拔出另一把槍，槍管全裝上了滅音器。

三名負責押送老積克和黑山的大漢幾乎同時中槍斃命。

老積克和黑山兩人齊齊一愕。

我的槍收回衣袋裏。

我以慣用的語調和口音向他們道：「老朋友，你們好嗎？」

黑山呆道：「隱身人？」

我向老積克道：「你被橫渡連耶軟禁的女兒，已因我的通知被當地警方救出來了，只要你回家，便可和她團聚。以後的事也不用我教你這老江湖怎麼做了吧！」

老積克感動地道：「我們背叛了你，為何不殺我們？」

我淡淡一笑。

轉身便去。

老積克叫道：「你是古往今來最偉大的刺客和殺手。」

我坐上電單車，轉頭道：「珍重吧！後會無期。」

從望後鏡裏我看到兩人迅速離去，街上的行人還矇然不知車內躺了三具屍體。

很快我又換上我的座駕車，這次我搖身一變，扮成個二百多磅重的肥婆，武器輕易藏在偽裝的身體裏。

洛馬叔叔常訓誨我說：「在戰爭裏是沒有仁慈存在的，一是殺人，一是被殺。」

所以我不斷殺人。

每殺一人，連耶家族便少了一人，這世界亦少了一個作惡的兇徒。

在紅綠燈處我追上了連耶的車隊，五輛車變成四輛。

車與車間的通訊聯繫使他們知悉後面的車子出了事，但連耶已被嚇破了膽，只想逃回美國的老家去，他們的目的地是機場。

我越過了他們，先一步往機場趕去，直駛上停車場，下車後我來到停車場東翼尾端處，這個位置剛好俯視通往保安森嚴的機場貴賓室的入口。

連耶從不由機場普通旅客的通道進入機場禁區的，因為那太危險了，他有自知之明，想殺他的人和已被他殺死的人同樣多。

表面上，連耶是個國際知名的大商家和慈善家，而知道他底細的人又用盡方法替他掩飾遮蓋。

車隊逐漸接近。

這是停車場僻靜的一角，密佈的車輛使我得以從容進行我的刺殺行動。

我拉起衣服，打開偽裝的肚皮，取出發射裝置，迅速安裝成肩托式的發射器。

我並沒有忘記連耶的座駕是火箭炮也不能轟穿的超級避彈車。

車隊進入射程之內。

我估量任人怎樣想猜索，也猜不出我為何知道第二架車內坐的是橫渡連耶，四輛車一式一樣都簾幕低垂，又是反光玻璃窗。

連耶家族的被摧毀，將會成為黑道史上最神秘和最傳奇的隱身人光輝事蹟。

也將是隱身人最後一次刺殺行動。

「轟！」

一道閃光斜斜掠下刺往連耶的座駕。

「蓬！」

連耶整架車彈往一旁，變成了一團烈火。

我射出的並不是火箭炮彈或榴彈炮，而是曾經我親自改良的烈性燃油彈，任何被擊中的物體，都會被爆炸開來的強烈溶液黏附燃燒，氣溫可達攝氏千七至千八度，那可將頑泥變成瓷器，鋼鐵變成火紅的高熱物。

車內的氧氣會迅速抽盡，高溫下車內所有人將窒息至死。包括被譽為犯罪史上最窮兇極惡的橫渡連耶在內。

整輛車變成了一團烈火，我甚至聽到溫度驟升下玻璃冷縮熱脹的破爆聲。即使車子有防熱設備，也受不了這種狂暴火勢的摧殘。

在其他的車輛急剎停下前，我拋下發射器，施施然回到車裏。

回家的時候到了。

沒有人會為連耶報仇。

因為再沒有人敢挑戰隱身人。

踏入古老大屋門內時已是夜深，琴音從閣樓傳下來。

我靜悄悄爬上樓梯。

莎若雅長髮輕飄，沉醉在音樂的動人天地。

我在這世上最親密的兩個夥伴，水乳交融地合在一起。

莎若雅給我的鼓掌聲驚醒過來。

她欣喜地撲入我懷裏，眼淚不斷流下。

我拍着她的背道：「一切都解決了，明天你可在演奏會上一顯身手了。」

她狂喜得握着我的手在舞動着，叫道：「那太好了！那太好了！」

鬆開我的手，她旋了開去，擺了個小天鵝的美妙舞姿，煞有介事地道：「王子！小女子有一個請求。」

我微笑道：「說出來待本王子考慮一下。」

她旋了回來，樓着我的腰道：「我希望明天的演奏會可以用這美妙的琴，你知嗎？彈奏它時，就像奏着一個一個甜美的夢，我一生人從未試過這麼美妙的感覺。」

我用手指按着她的櫻唇，認真地道：「不要這麼下斷語，當你開放了腰以下的禁區時，你才知道甚麼是世上最美妙的感覺。」

她笑着飄了開去，又擺了另一個美妙的芭蕾舞姿，道：「早開放了，為甚麼美妙的感覺還未來臨？」

我牙癢癢地道：「我要教訓你這小妖精，噢！我忘記告訴你一件事。」

她好奇地道：「甚麼事？」

我道：「我可以將這琴送給你，但有一個條件。」

她叫道：「無論甚麼條件小女子亦必會接受。」

我淡淡道：「就是嫁給我。」

她呆了一呆，忘記了舞姿，以最直的方法縱體入懷，喜呼道：「我答應，我答應嫁給你，和你的琴。」

「叮叮咚咚！」

琴音在我耳邊響起，帶着前所未有的歡愉。靈琴！你可為現在這結局欣悅，明天演奏會後，我便會帶着你和清純的莎若雅離開這充滿恨也充滿愛的地方，回到你的家鄉裏。

「隱身人」也會真正變成隱身人。

黃易

經典・玄幻系列

①月魔
②上帝之謎
③光神
④湖祭
⑤獸性回歸
⑥超腦
⑦聖女
⑧浮沉之主
⑨異靈
⑩爾國臨格
⑪迷失的永恆
⑫域外天魔
⑬諸神之戰
⑭幽靈船
⑮靈琴殺手
⑯龍神